KB216670

홀로 중남미, 이탈리아 기행

50년 여행
50일 인생

50년 여행, 50일 인생
홀로 중남미, 이탈리아 기행

지은이 홍윤오
펴낸이 이충석
꾸민이 성상건
펴낸날 2015년 8월 20일
펴낸곳 도서출판 나눔사
주소 (우) 122-080 서울특별시 은평구 은평터널로7가길
20. 303(신사동 삼익빌라)
전화 02)359-3429 **팩스** 02)355-3429
등록번호 2-489호(1988년 2월 16일)
이메일 nanumsa@hanmail.net

ⓒ 홍윤오, 2015

ISBN 978-89-7027-171-2 03810

값 15,000원

홀로 중남미, 이탈리아 기행

50년 여행
50일 인생

홍윤오 지음

나눔사

목차

늦바람의 시작

김성한의 소설 〈방황〉

홍만식은 항용 자신을 북악산에 올려놓았다.

김성한의 소설 〈방황〉에 나오는 첫 구절이다. 홍만식의 운명은 이때부터 결정되었다. 본디 '홍'가는 맞지만 이름은 '만식'이 아니었다. 김성한이 새로운 이름을 지어준 셈이다. 홍만식은 사실 대학 졸업 때까지도 그소설을 제대로 읽은 적이 없었다. 〈암야행〉, 〈5분간〉, 〈바비도〉 등 김성한의 대표작과 함께 '방황'이라는 제목만 알고 있었다. 그때는 그랬다. 소설제목과 줄거리, 그 작가의 이름과 문학적 성향, 이런 것들만 외우고 있으면 그만이었다. 모든 공부가 입시 위주였으니까. 요즘은 어떤가.

홍만식은 대학 졸업 후 신문기자가 되었다. 대표적인 종합일간지 중하나였다. 젊고 혈기왕성할 때는 기자가 천직인 듯했다. 그러나 만 15년을 채 못 채우고 이런저런 이유로 스스로 사표를 던지고 나왔다. 이렇다할 대안도 없이.

그때부터 본격적인 방황이 시작되었다. 김성한 소설의 홍만식이 현실 속 실제인물이 된 것이다. 그에게 '홍만식'의 존재를 일깨워주고 깨우쳐준 사람은 청암(靑庵)이었다. 청암은 학문과 예술, 철학에 두루 능통한 신비로운 인간이다. 도사나 도인 계통이라고 할까. 그가 홍 모에게 홍만식을 빗대었고, 홍 모 역시 공감하는 바가 있어 아예 호를 '만식(萬植)'으로 바꾸었다.

홍만식은 기자를 그만두고 10여년 이상 온갖 속세의 일을 다 했다. 사업도 하고, 정부 산하기관에도 몸담았고, 중소기업도 다녔다. 거물 정치인의 선거를 한두 차례 돕기도 했고, 직접 국회의원 출마도 시도했다. 하지만 결과는 모두 실패였다. 나름 열심히 한다고는 했지만 세상살이가 그리 호락호락하지 않았다.

김성한(1919-2010, 소설가, 언론인)의 소설 〈방황〉

세상 사람들은 그를 가리켜 할 수 없는 건달이라고 했다. 그러나 그에게는 두 가지 직업이 있었다. 그 하나는 정거장에서 석탄을 상습적으로 훔쳐내는 일이니, 그의 명명에 의하면 '석탄반출작업'이었다. 또 하나는 공상이었다. 이것도 그가 붙인 독특한 명칭이 있으니, 그것은 '사고구축작업'이라 했다. 그는 항상 '반출'에 용감하고 '구축'에 심각했다. 그는 하릴없이 남산에 올랐다가 소나무를 보고 깨우침을 얻었다. 동물이 다른 동물을 잡아먹는다고 해서 감옥에 가거나 비도덕적이라고 말하지는 않는다. 그것은 본능이다. 자신 역시 마찬가지다. 동물적 본능이 해결되지 않는 상황에서 인간적 법도를 요구하는 것은 무리다. 만식은 세상에서 유일하게 자신을 외면하지 않은 '애꾸눈 처녀'에게서 어떤 따뜻함을 느낀다. 어느 날 여자는 만식 앞에 새 양복을 내놓았다. 그 양복 안에는 '홍만식' 석자가 수놓아 있었다. 그리고 신문지에 싼 돈을 슬며시 저고리 호주머니에 넣어주었다. 만식은 말없이 마주보다가 여자의 어깨 위에 손을 얹었다. 여자는 그의 가슴에 얼굴을 파묻으며 괴로우면 언제든 찾아오라며 기다리겠다고 했다. 만식은 그녀를 힘껏 껴안아주고 밖으로 나섰다. 1957년 작.[1]

그러다 우연찮게 모 대기업에 임원으로 발탁이 되었는데 묘한 악연에 뒤통수를 맞았다. 엎친 데 덮친 격으로 전부터 아는 사이라서 도와준 사람으로부터 불의의 일격을 당해 끝내 내몰리는 신세까지 되고 말았다. 홍만식은 시쳇말로 '멘붕'에 빠져버렸다.

그때 홍만식의 선택은 엉뚱한 것이었다. 남들이 보면 그 또한 방황이라 할만 했다. 바로 홀로 떠나는 중남미 종주 여행이었다.

갑자기 떠난 중남미 종주 여행

그즈음 홍만식은 6개월째 백수였다. 실업자가 되고 한동안 멍하게 지내고보니 순식간에 시간이 그렇게 흘러버렸다. 백수가 되면 흔히 겪는 단계별 심리변화도 이미 경험했다. 흥분기를 지나 불안기, 분노기, 안정기를 거쳐 드디어 해탈기에 접어들었다.

더 이상 버티다간 빌어먹기 딱 좋은 상황이었다. 그런데도 홍만식은 취직은 재껴두고 또 여행이란다. 그것도 중남미란다. 얼핏 생각해봐도 중남미는 지리적으로 거리가 멀다. 한반도와는 지구 반대편 저쪽이다. 스페인어권이라 말도 통하지 않고, 치안이 위험한 곳으로 알려져 있기까지 하다. 그런데 중남미 종주라니. 그것도 혼자서.

왜 하필 중남미인가. 홍만식은 그동안 기자생활, 사회생활을 하면서 웬만한 나라들은 거의 가보았다. 하지만 중남미는 20여 년 전에 취재차 멕시코시티만 한 차례 다녀왔을 뿐 다른 곳은 가 본 적이 없었다. 만식은 생각했다.

'어차피 당장 오라는 곳도 없다. 그렇다고 매일 마누라 눈치나 보면서 집에서 빈둥거릴 수도 없는 노릇이다. 하릴없이 은둔자처럼 시간을 죽이며 지내는 것도 끔찍한 일이다. 그래봐야 찾아오는 건 우울증 밖에 없지 않은가. 사람까지 망가져서는 안 되지. 살자. 그래, 떠나자. 꼭 가보고 싶었지만 아직 못 가본 곳으로. 멀어도 좋다. 힘들고 위험해도 괜찮다. 늦바람이라 해도 할 수 없다. 외로움은 지금 백수로서 느끼는 그것보다 뭘 얼마나 더하겠는가. 경비는 배낭여행처럼 가장 저렴한 방법을 찾아보자. 머뭇거리지 말고 바로 떠나자.'

중남미를 한 달 이상 여행하자면 제법 준비할 것들이 많다. 그러나 만식은 일주일 만에 급히 준비해 바로 실행에 옮겼다. 그런 행동에 대한 만식의 변(辯)은 이랬다.

"어디 취직자리 열심히 찾아본들 금세 자리가 생길 리 만무하다. 하고 싶은 말도 많고, 억울한 일도 많지만 일일이 밝힐 수가 없지 않나. 하소연할 곳도 없고, 해봤자 못난 인간이란 소리밖에 더 듣지 않겠나. 아무도 알아주지 않는, 그러나 나에겐 견디기 힘든 하루하루를 어렵게 버티는 것보다 한동안 현실에서 벗어나 있는 것이 정신건강에는 더 좋을 것이다. 서둘러 떠나는 일종의 일시적이고 내면적인 망명으로 이해해 달라."

홍만식은 그렇게 여행길에 나섰다. 한 손으로 끌 수 있는 기내용 가방

1개와 작은 배낭 1개만 달랑 든 채로. 나 홀로 여행에는 어떤 변수와 해프닝이 생길지 아무도 모른다. 하지만 그런 일들은 반드시 생긴다. '가능성'이 아니라 '필연'이다. 짐은 단출해야 하고, 항상 곁에 달고 다녀야 한다. 민첩성과 기동성이 필수사항인 것이다.

한 손에 여권, 한 손에 끄는 가방, 어깨엔 작은 배낭을 멘 중년의 만식이 홀로 출국장으로 들어가는 모습이 왠지 쓸쓸해 보였다. 배웅해주는 사람은 아무도 없었다.

저마다 여행을 떠나게 되는 이유와 사연이 있게 마련이다. 목적지를 정하는 것도, 여유롭게 혹은 급히 떠나는 것도 마찬가지이다. 만식은 정신적, 현실적으로 견디기 힘든 상황에서 중남미 행을 급히 결행했다. 현실도피라기보다는 자신과의 대화를 위해서였다.

누구나 이런저런 이유로 여행을 떠나게 된다. 미리 계획을 하고 떠날 수 있으면 좋으련만 뜻하지 않게 갑작스레 길을 나서야 할 때도 있다.
그 여행 또한 즐거운 마음으로 떠나자.
언제 올지 모를 갑작스런 여행을 위해 늘 마음의 준비를 하고 있는 것이 좋다. 삶을 마감하는 여행길도 마찬가지일 터.

쿠바

아바나, 코히마르, 트리니다드

인간은 파멸할 수는 있어도 패배하지는 않는다.

아바나 바닷길을 걸으며

쿠바 아바나 부근.

6월, 멕시코 만의 강렬한 태양이 대지를 달구고 있다. 아스팔트 도로에서 뜨거운 열기가 올라와 숨이 턱턱 막힐 지경이다. 만식의 몸도 비 오듯 흐르는 땀으로 범벅이 되어갔다. 아바나 시내와 작은 해협을 사이에 두고 있는 모로 요새 앞. 만식은 방금 모로 요새와 산 카를로스 요새, 그 옆에 서있는 예수 상을 구경하고 나오는 길이다. 그는 이제 코히마르로 가는 버스를 타기 위해 바닷가 외진 길을 홀로 걷고 있다.

환영(幻影)일까. 모로 요새와 건너편 아바나 시가지를 가르는 해협에는 커다란 증기선 한 척이 묵묵히 떠가고 있다. 그 배는 마치 기묘하게 공존하고 있는 두 시대를 무심코 가로질러 가고 있는 듯 보였다. 만식은 그 광경을 물끄러미 바라보면서 잠시 생각에 잠긴다. 나는 지금, 왜, 이곳에서 이러고 있는 것인가. 남들은 모두 열심히 일하며 바쁘게 살아가고 있는데, 나는 왜 머나먼 카리브 해 쿠바까지 와서 이렇듯 비지땀을 흘리며 걸어야만 하는가.

답이 있을 리 없다. 누가 가라고 한 적도 오라고 한 적도 없다. 그냥 중년의 삶에서 예기치 않게 찾아온 위기가 그를 길 위에 서게 했다. 50년 인생을 살아오면서 상처도 많았고, 때론 원망으로 남기도 했다. 이번 역시 그랬다. 묘한 악연에 뒤통수를 맞았다. 엎친 데 덮친 격으로, 도움을 주었던 인간이 오히려 등에 비수를 꽂았다. 그 모든 것을 떨치듯 떠나온 길이었다. 하지만 지구의 반대편, 이국의 바닷가에서 채 떨쳐내지 못한 무엇이 그의 발걸음을 무겁게 하고 있었다.

만식은 답을 구하는 대신 허공을 향해 소리쳤다. 일종의 원한 비슷한 것들이 맺힌 사람들의 이름을 하나씩 불러댔다. 그것들을 뜨거운 바람에 실어 카리브 해 저 멀리 날려 보낸다. 숫자가 다섯 명 쯤 된다. 원한의 깊이에 따라 다르겠지만, 원한 맺힌 사람 숫자 치고 5명은 많은 것일까 적은 것일까. 다른 사람들은 자신의 원수, 악연을 꼽으라면 과연 몇 명을 꼽을까. 부질없는 생각들이 만식의 머릿속을 어지럽힌다.

커다란 나무 그늘 아래

모로 요새는 쿠바의 비극적인 역사를 상징하는 곳이다. 쿠바는 원래 원주민들이 살던 땅이었다. 그러나 1492년 콜럼부스의 신대륙 발견 이후 20여년 만에 스페인의 식민지가 되었다. 신대륙에서 약탈한 금은보화를 운반하는 교역 중심지였다. 그 때문에 해적도 들끓었다. 이때 해적들과 적군을 방어할 목적으로 세워진 곳이 바로 모로 요새다. 침략자들이 또 다른 침략자를 막겠다고 세운 요새인 셈이다.

식민지 시대 원주민들은 사탕수수 농장의 노예로 전락했고 스페인에 반항하다 토벌당했다. 그나마 살아남은 사람들도 1530년경에 전염병으로 거의 전멸했다. 부족한 노동력을 채우기 위해 아프리카 흑인 노예들이 대거 유입되면서, 이후 수차례 흑인 반란이 되풀이되었다. 19세기 들어서 호세 마르티와 같은 독립투사들이 이끄는 쿠바 독립전쟁이 일어났다. 이 와중에 아바나 항에 진주하고 있던 미국 함대에서 의문의 폭발사건이 터졌다. 이를 계기로 미국이 개입하며 쿠바는 독립을 얻는 대신 대가를 치러야 했다. 사실상 미국의 식민지 겸 휴양지로 전락한 것이다.

EL 24 DE OCTUBRE DE 1994 EL COMANDANTE FIDEL CASTRO RUZ REALIZÓ UNA VISITA
FORTALEZA SAN CARLOS DE LA CABAÑA ACOMPAÑADO POR UN EQUIPO DE LA TV FRANCESA
TOBER 24ᵗʰ, 1994, COMMANDER IN CHIEF FIDEL CASTRO, VISITED SAN CARLOS DE LA CABAÑA FORTRES
WITH A TEAM OF JOURNALISTS FROM THE FRENCH TELEVISION

결국 피델 카스트로의 반미 공산주의 혁명이 일어났고, 1961년 미국과 국교를 단절했다. 혁명의 아이콘처럼 여겨지는 체 게바라도 쿠바 혁명 때 등장했다. 1959년 쿠바 혁명을 완수한 혁명군은 모로 요새 입구의 예수 상 앞에서 한껏 승리에 도취되어 총을 하늘로 치켜 올리며 기념사진을 찍었다. 모로 요새 공원의 한쪽에는 혁명 후 이곳을 방문하여 멀리 아바나 시내를 바라보는 카스트로의 모습이 전시되어 있기도 하다.

만식은 슬프고도 아름다운 요새를 천천히 둘러보았다. 요새는 항구의

어찌 체 게바라(1928-1967)의 짧고도 강렬한 삶을 몇 개의 문장으로 옮길 수 있을까. 쿠바 혁명을 통해 '혁명의 아이콘'이 된 게바라는 정작 쿠바가 아니라 아르헨티나 태생이다. 그것도 중상류층 백인 가정 출신에 의사라는 안정적 삶을 뿌리치고 나선 길이었다. '체 게바라'란 이름조차 혁명에 뛰어들면서 바꾸었다. 긴 본명 대신 스페인어로 사람을 부를 때 쓰는 '어이', '이봐' 정도의 의미를 지닌 '체(che)'에서 따와 스스로 고쳐 부른 이름이다. 카스트로와 함께 쿠바 혁명을 승리로 이끈 게바라는 혁명 후 잠시 혁명정부의 각료가 되지만, 1965년 카스트로에게 '쿠바에서 할 일은 다 끝났다'는 편지를 남기고 홀연 사라진다. 쿠바에 작별을 고한 게바라는 콩고에 이어 볼리비아 혁명에 가담했다가 정부군에 체포되어 총살을 당한다. 온통 '혁명의 삶'을 살다간 게바라는 '혁명의 시대'가 끝난 지금까지도 '혁명의 아이콘'으로 '추앙'받고 또 '소비'되고 있다. 사르트르는 그를 가리켜 '20세기 가장 완전한 인간'이라고 했다.[2]

반대편 절벽 위에 세워져 아바나 시가지는 물론, 해안을 따라 길게 뻗은 말레콘도 훤히 내려다보였다. 성채 곳곳에는 중세의 낡은 대포와 포탄들이 진을 치고 있었다. 미로 형식의 계단을 따라가면 지하 감옥이 나온다. 또 요새 역사박물관에는 군사유물 외에 해적과 식민지시대, 그리고 노예들의 유물들이 전시되어 있다. 성벽 너머에는 1844년에 건설되었다는 등대도 있다. 성벽 안쪽의 계단 아래쪽에는 식민지 교역시대 모습처럼 내부를 꾸민 간이 레스토랑이 있었다.

마치 시간이 멈춰버린 듯 고요했다. 포신은 하늘을 향해서가 아니라 바다에 코라도 빠뜨린 듯 고개를 숙이고 있었고, 투석기(投石機)는 고장난 해시계처럼 그림자를 길게 늘어뜨리고 있었다. 그 고요를 잠시 흔들어 보려는 듯 붉은 바탕의 별이 달린 깃발만이 시나브로 나부꼈다. 아니, 그 고요 안에 숨은 그림이 있었다. 커다란 나무 그늘 아래 젊은 연인들의 속삭임이 엿보였던 것이다. 옛 성터에 스민 사연과 슬픈 역사에도 아랑곳없이 그렇게 사랑과 삶은 이어져 온 것인가.

말레콘 쿠바의 수도 아바나의 구시가지 북쪽에 위치한 해안. 중심가와 인접해 있어 많은 사람들이 찾는다. 일반 해변과는 달리 거친 바다로부터 아바나 시를 보호하기 위해 약 7km에 달하는 방파제를 세웠다. 전체 모습은 해안을 따라 방파제가 길게 놓여 있고 그 옆에는 6차선 도로가 나 있으며, 도로 건너편에는 파스텔 톤의 건물들이 길게 늘어서 있다. 방파제는 미국에 의해 1900년대 초에 건설되었으며, 이후 1919년과 1921년에 새로운 도로가 개통됨에 따라 접근이 용이해져 아바나 시민들이 즐겨 찾는 명소가 되었다.

뒷골목에서 만난 청년들

만식은 버스 정류장에서 20여분을 기다린 끝에 코히마르 행 버스를 탔다. 낡은 버스였다. 문 위쪽에 언뜻 눈에 익은 글자가 있어 봤더니 웬걸, '해운대↔동래전철역↔부산대'란다. 알고 보니 한국에서 팔려온 중고 버스였다. 부산에서 사용하던 노선 버스를 안내판도 떼지 않은 채 그대로 운행하는 모양이었다. '해운대'와 '아바나'의 거리는 얼마쯤일까.

만식은 운전기사에게 쿠바 내국인들이 쓰는 MN(모네다 나시오날, 쿠바 페소)을 건넸다. 원래 외국인들은 US달러와 환율이 거의 같은 CUC를 써야 했지만 카사(민박집) 주인이 귀띔해준 대로 1US달러도 채 안 되는 MN을 버스비로 준 셈이다. 그래서였는지 운전기사가 약간 의아해하는 것 같았으나 그대로 통과했다.

만식이 지금 가고자 하는 코히마르는 아바나 근교의 한적한 어촌 마을이다. 만식이 이 마을을 찾는 것은 바로 어니스트 헤밍웨이에게 노벨문학상을 안겨준 〈노인과 바다〉의 모티브가 된 곳이기 때문이다. 헤밍웨이는 쿠바 혁명 직후까지 아바나에 머물며, 낮이면 코히마르에서 낚시를 즐기고 밤이면 숙소로 돌아와 작품을 썼다. 코히마르에는 아직까지 헤밍웨이의 흔적이 그를 기리는 흉상과 함께 곳곳에 남아있다.

버스 맨 앞자리에 앉은 만식은 다소 들뜬 기분으로 운전기사에게 "헤밍웨이, 코히마르!"를 외쳐댔다. 운전기사도 알아들었다는 듯이 고개를 끄덕인다. 하지만 그가 정작 만식을 내려준 곳은 헤밍웨이 흉상에서 5km나 떨어진 곳이었다. 어쩔 수 없이 한참을 걸어서 가야만 했다.

외국인 여행객이라곤 찾아볼 수 없는 변두리 뒷골목으로 들어서자 낡은 집들 사이로 드문드문 식품가게와 상점들이 보였다. 덕지덕지 털이 뭉친 더러운 개들이 여기저기 퍼질러져 있었다. 무뚝뚝한 표정의 현지인들은 낯선 동양인 관광객을 유심히 관찰하는 눈치다. 해가 지고 있어 사위가 서서히 어둑어둑해지고 있었다.

중남미 지역은 아직까지 외국 여행객들에게 치안이 불안한 곳이라고 하지 않았던가. 괜히 여행객이라고는 없는 이 먼 곳까지 와서 험한 꼴을 당하는 건 아닌지 덜컥 겁도 났지만 애써 마음을 다잡고 꿋꿋하게 지나가기로 했다. 그런데 앞쪽의 몇몇 패거리들이 어기적거리며 다가올 기세를 보였다. 순간 한 가지 꾀를 냈다. 만식은 약간 뒤뚱거리는 걸음을 걸으며 길가의 쓰레기통을 슬쩍 쳐다보았다. 먹을 것을 찾는 걸인처럼 보이기를

바랐다. 효과가 있었다. 만식을 향해 걸어오던 패거리들은 자기들끼리 쳐다보며 잠깐 이야기를 주고받는 듯하더니 더 이상 다가오지 않았다.

그렇게 한 번의 위기는 무사히 넘겼지만 아직도 길은 멀었다. 또 다른 골목에 접어드니 이번에는 뒤쪽에 누군가가 따라 붙은 것 같았다. 만식이 힐끗 쳐다보니 어쩐지 험상궂게 느껴지는 동네 청년 두 명이었다.

'어쩌지? 뛸까? 아니야. 나는 배낭을 멘데다 지쳐서 빨리 뛸 수도 없어.'

　고민하던 만식은 잔뜩 긴장한 채 정면 돌파를 선택했다. 자신을 기웃거리며 따라오던 청년들에게 서툰 스페인어로 먼저 말을 걸었다. 미리 메모해왔던 기초 스페인어 몇 마디 중 하나였다.

　"뻬르미소(permiso: 실례합니다), 돈데 에스따(Donde esta?: 어딘가요?), 헤밍웨이?"

　오로지 헤밍웨이만 강조했다. 쭈뼛쭈뼛하며 겁에 질린 것처럼 보였던 만식이 갑자기 적극적으로 나오자 오히려 청년들이 당황하는 듯했다. 하지만 만식이 길을 묻는 사이 청년들의 표정은 금세 선하게 바뀌었다. 그들은 "걱정 말고 따라오라"며 자신들이 가던 길을 바꾸어 앞장을 서기까지 했다. 만식은 또 걱정이 앞섰다.

'혹시 나중에 사례비를 요구하는 건 아닐까?'

청년들은 그것까지 간파했는지 손짓발짓으로 말했다.

"걱정 마. 우리 돈 같은 거 바라고 하는 거 아니야!"

만식은 스스로가 부끄러워졌다. 지레 겁을 먹고 그들을 의심했던 것이다. 언어가 통하지 않고 문화와 환경이 다를 뿐 그곳 역시 똑같은 사람들이 사는 곳이다. 2001년 아프가니스탄 카불에서도 비슷한 경험이 있었다. 기자 시절, 9.11테러 직후 홀로 아프가니스탄에 들어가 취재를 하던 중 착한 현지인 가이드와 운전사를 잠시 의심했던 적이 있지 않았던가. 만식의 머리에 여러 가지 생각이 스쳐 지나갔다.

낯선 곳에서 위험을 피할 수 있는 방법은 먼저 말을 거는 것이다. 겉으로 착해 보이는 사람들에게는 물론, 다소 무뚝뚝하고 험상궂게 생긴 사람들에게도 말을 걸어보자. 혼자 여행하면서 곤경에 처해 있음을 알리는 것이다. 인간사의 모든 갈등과 전쟁은 문화와 언어의 차이,

그에 따른 소통의 단절 때문에 생기는 것이다. 소통만 할 수 있으면 누구나 다 똑같은 인간이다. 싸움을 피할 수 있다.

처음 모로 요새에 갈 때도 그랬다. 만식은 아바나 해협을 건너는 배편을 이용했다. 배라기보다는 바지선에 가까웠다. 목적지는 '카사블랑카'로 되어 있었다. 해협 건너편 지명이 카사블랑카인 모양이다. 헤밍웨이의 〈노인과 바다〉에서 주인공 노인이 흑인 장사와 팔씨름을 했던 술집이 있던 동네 이름도 카사블랑카였던 것 같다.

선착장 입구에서 경찰이라며 제복을 입은 남자 한 명과 여자 두 명이 짐 검사를 하고 있었다. 만식의 차례가 되자 배낭의 물건들을 모두 꺼내 이것저것 물어보면서 유독 시간을 끌었다. 현지인들은 뱃삯을 받고 모두 통과시키면서 만식에게는 뱃삯 달라는 소리조차 하지 않았다. 답답해진 만식이 "빨리 통과시켜 달라"고 항의했다. 그때서야 경찰들은 뱃삯 대신 뭐라도 달라고 하는 게 아닌가. 만식이 특별히 줄 것이 없다고 하자 껌이라도 한 통 내놓으라고 했다. 살짝 당황했지만 만식은 결국 갖고 있던 껌 한 통을 주고 겨우 통과했다.

시간이 좀 지나서야 만식은 그들이 뱃삯을 받기가 뭐해서 장난을 친 것임을 알았다. 대부분 외국 관광객들은 모로 요새 쪽으로 넘어갈 때 차를 이용해 해저 터널을 건넌다. 선착장까지 찾아와서 배를 타는 경우는 드물다고 한다. 그 날도 그 시간에 카사블랑카 행 배를 타려는 외국인은 만식 혼자였다. 현지인들이 주로 이용하는 배의 삯은 불과 미화 10센트 정도. 그러니 받기도 안 받기도 애매했던 모양이었다. 이번에도 만식의 선입관이 작용해 무언가를 요구하는 그들을 부패한 경찰로 오해했던 것이다. 못사는 나라에는 늘 부패 관료들이 활개를 칠 것이라는 선입관 말이다.

부풀려지거나 과장된 이야기만 듣고 함부로 사람을 의심할 게 아니다.
어디를 가나 악인들은 있을 뿐이지 세상은 다 똑같다.
그곳 역시 사람 사는 곳이고, 대부분은 착한 사람들이다.

사실 아바나에서 택시를 타면 30여분 만에 코히마르의 헤밍웨이 흉상으로 쉽게 갈 수가 있다. 만식처럼 나홀로 여행객이 경비를 아끼려고 대중교통을 이용하다보면 위험한 상황을 맞을 수도 있다. 하기야 위험한 것으로 따지면 택시도 안전을 장담하지는 못하지만.

인간은 파멸할 수는 있어도 패배하지는 않는다

우여곡절 끝에 해질녘이 되어서야 지친 몸을 이끌고 헤밍웨이 기념비와 흉상 앞에 도착했다. 기대보다 초라한 모습이다. 하지만 그 옆 바닷가에 서 있는 성 모양의 작고 낡은 망루와 그리 길지 않은 방파제길, 그 끝에서 발을 담그고 앉아 쉬고 있는 주민들의 모습은 더없이 평화로워 보였다. 헤밍웨이가 이곳에서 〈노인과 바다〉의 영감을 얻은 이유를 어렴풋이나마 짐작할 수 있을 것 같았다.

헤밍웨이는 사실 정신적으로는 쿠바 사람이나 다름없었다. 그는 특별히 아플 때를 제외하고 거의 20년을 쿠바에서 살았다. 특히 만년의 헤밍웨이에게 쿠바는 삶과 문학의 터전이었다. 럼과 낚시는 여가가 아니라 삶그 자체였다. 하지만 '혁명의 나라'는 자기를 사랑한 작가를 내쫓았고, 미

럼(Rum) 당밀이나 사탕수수의 즙을 발효시켜서 증류한 술. 뱃사람의 술이라 하여 옛날부터 선원들에게 널리 사랑받아 왔다. 미국 개척시대 초기부터 제조되었으며, 특히 뉴잉글랜드 럼은 유명하다. 제당산업이 번창한 카리브 해의 서인도 제도, 바하마 제도에서 처음으로 만들었는데, 현재는 쿠바 · 멕시코를 비롯해 세계 각지에서 생산되고 있다.

국으로 돌아온 그는 1년 만에 엽총 자살로 삶을 마감한다. 그 사실 하나만으로도 아바나와 코히마르 바닷가, 그리고 럼 주(酒)가 헤밍웨이의 삶에 얼마나 큰 자리를 차지했는지 알 수 있지 않은가.

희망을 버리는 건 부끄러운 일이다. 더욱이 그것은 분명한 죄다.

〈노인과 바다〉의 산티아고 노인은 멕시코 만류에서 조각배를 타고 단신으로 고기잡이하는 어부다. 그러나 그는 벌써 84일째 고기 한 마리 잡지 못하고 세월을 허비하는 중이다. 85일째 되는 날, 초대형 청새치를 낚았지만 배보다 더 큰 청새치는 사흘 밤낮으로 노인의 배를 끌고 다닌다. 마침내 수면 위로 올라온 청새치의 심장을 찔러 간신히 배에 붙들어 맸으나, 이번에는 청새치의 피를 보고 달려드는 상어 떼와 싸워야만 했다. 몸이 뻣뻣해져 오고 나이프도 몽둥이도 모두 부러졌지만 노인은 끝까지 포기하지 않는다. 그는 끊임없이 달려드는 시련을 향해 외친다.

인간은 파괴될 수는 있어도 패배할 수는 없다.

뼈만 남은 청새치를 끌고 돌아오는 노인의 잔영 위로 지금 이국땅을 터덜터덜 걷고 있는 만식의 모습이 겹쳐진다. 그 위로 또 아이다 호수에서 총을 맞고 쓰러져 있는 헤밍웨이가 오버랩된다. 인간은 과연 파괴될 수는 있어도 패배할 수는 없는 것일까. 최악의 사태 속에서도 결코 절망하지 않는 노인의 의지가 '지금' 만식을 오히려 초라하게 한다. 노인은 비록 패배하지는 않았을지 몰라도 승리한 것 또한 아니다. 집으로 돌아온 노인은 긴 잠에 빠져들며 젊은 시절 아프리카에서 만났던 사자의 꿈을 꾼다. 그 사자는 노인에게 어떤 의미였을까.

1959년 카스트로는 헤밍웨이가 주최한 청새치 낚시대회에 참가해서 1위를 차지했다. 카스트로는 헤밍웨이에게 〈누구를 위하여 종은 울리나〉를 통해 게릴라전을 배웠다고 말하며 존경을 표시했지만, 20세기 가장 유명한 두 명의 턱수염 소유자가 실제로 만난 것은 이때 한 번뿐이었다. 이 대회에는 게바라도 어머니와 함께 참가해 모처럼 망중한을 즐기기도 했다.[3]

노르떼(norte)? 수르(sur)?

낡은 망루 입구에는 제복을 입은 노인이 앉아 있었다. 만식이 망루로 올라가려 하니 약간의 돈을 요구해 입장료로 1CUC를 건넸다. 옥상에는 멀리 바다를 바라볼 수 있는 공간이 있었다. 그 한 쪽 벽에 쿠바 국기에 그려져 있는 별이 커다랗게 붉은색 양각으로 새겨져 있고, 붉은 별 바로 앞에는 쿠바 독립운동의 아버지 호세 마르티의 작은 흉상이 놓여 있었다.

헤밍웨이 흉상과 기념비 바로 옆 작은 성채 망루에 쿠바가 낳은 위대한 작가이자 시인이기도 했던 마르티의 흉상이 놓여있다는 사실이 흥미로웠다. 쿠바인들의 자존심이라고 할까. 헤밍웨이가 제 아무리 위대한 작가이고 쿠바를 사랑했다고는 하나 그는 어디까지나 미국인 아니었나. 쿠바인 중에도 헤밍웨이 못지않은 위대한 작가가 있음을 은근히 과시하려는 의도처럼 읽혀졌다.

호세 마르티(1853-1895)의 삶은 쿠바 독립의 역사 그 자체이다. 독립전쟁에서 전사한 호세 마르티는 쿠바인에게 큰 별을 선물했다. 그것은 평등과 독립이라는 이상이다. 피델 카스트로가 체 게바라의 베레모에 달아준 별이 바로 '호세 마르티의 별'이라고 한다.[4]

만식이 이마의 땀을 훔치는 사이 노인이 "어디서 왔느냐?"고 물었다. 만식이 자기 나라 이름을 말하자 노인은 바로 되물었다.

"노르떼(norte)? 수르(sur)?"

북쪽이냐, 남쪽이냐는 질문이었다. 만식의 나라는 현재 세계 유일의 분단국이다. 태평양전쟁 후 북쪽은 자기들 특유의 사회주의를, 남쪽은 서방식 자본주의를 택해 나라가 갈라졌고 전쟁까지 치렀다. 만식이 "수르" 즉, 남쪽에서 왔다고 하자 노인이 웃으며 소리쳤다.

"에너미(enemy)!"

물론 농담이다. 하지만 만식은 과거 쿠바가 북한과는 오랜 친구나라였고, 남한과는 자동적으로 적대관계였음을 새삼 확인할 수 있었다.

'노인은 과연 아직도 모르는 것일까? 내가 평범한 중년의 북한사람이라면 제멋대로 이곳까지 혼자 여행을 올 수가 없다는 사실을.'

만식은 노인에게 쓸쓸한 웃음을 지어보였다.

망루를 내려와 다시 방파제를 따라 걷는다. 방파제의 끝에는 낡은 잔교(棧橋)가 놓여 있다. 어쩌면 이 풍경은 옛 모습 그대로이리라. 평생을 모험과 이벤트로 살아온 작가는 이 다리 끝에서 배를 타고 바다로 나아갔

다. 그 그림자를 밟으며 다리의 끝에 선다. 만식의 살아온 삶 역시 배를 타고 먼 바다로 나간다. 문득, 수평선 위로 거대한 청새치 한 마리가 포말을 일으키며 솟구쳐 올랐다가 다시 바다 깊숙이 가라앉았다.

미국 올드카 전시장

다시 아바나로 돌아온 만식은 센트로 지역을 구석구석 돌아다녔다. 작은 병아리 모양의 '꼬꼬택시'나 자전거를 개조한 관광수레의 호객행위가 끊이지 않았다. 건물들은 낡을 대로 낡아 금방이라도 허물어질 것 같았다. 사람이 사는 곳도 있었고, 아예 폐허처럼 버려진 건물들도 많았다. 미국의 1950~60년대 올드카들이 거리 곳곳을 누비고 다녔다. 이러니 나라 전체를 '미국 올드카의 전시장'이라고 하는 모양이다.

밤이 되면 아바나는 다시 과거로 돌아간다. 거리의 술집에서는 살사(Salsa)와 손(Son)이 울려 퍼지고, 호텔 뮤직홀에서는 부에나비스타소

부에나비스타소셜클럽(Buena Vista Social Club)은 원래 1930~40년대 쿠바의 수도 아바나에 있던 고급 사교클럽의 이름이었다. 아바나는 미국인들이 즐겨 찾는 휴양지였고, 소수의 특권층을 위한 사교 클럽은 혁명 이후 당연히 폐쇄되어야 할 대상이었다. 클럽이 하나둘 문을 닫으면서 그곳에서 일하던 연주자들도 하루아침에 일자리를 잃고 뿔뿔이 흩어졌으며, 그들의 연주는 사람들의 기억 속에서 서서히 잊혀져갔다. 그러나 수십 년이 흐른 뒤 부에나비스타소셜클럽은 화려하게 부활했다. 1996년 쿠바 음악에 매료된 미국의 기타리스트이자 프로듀서인 라이 쿠더는 일터를 잃고 자취를 감춘 전설적인 쿠바 뮤지션들을 찾아낸 뒤 허름한 스튜디오에 모아 녹음을 진행했다. 부에나비스타소셜클럽의 이름으로 내놓은 이 음반은 발매와 동시에 빌보드 차트를 석권하고 세계적으로 경이적인 판매고를 올리며 쿠바 음악의 새로운 르네상스를 열었다.[5]

셜클럽의 음악이 흘러나온다. 만식은 북적이는 술집 한 가운데 자리 잡
고 앉아 제대로 된 쿠바 음악을 즐기고 싶었다. 하지만 그런 호사는 누
리지 못한 채 그저 기웃거리며 구경하는 것으로 만족해야 했다. 어디
선가 쿠바 음악의 거장 꼼빠이 세군도가 부르는 감미로운 〈관타나메라
(Guantanamera)〉가 들려왔다.

> 관타나메라 과히라 관타라메라
> 관타나메라 과히라 관타라메라
> 나는 진실한 사람 야자수 무성한 고장 출신
> 죽기 전에 이 가슴에 맺힌 시를 노래하리라

〈관타나메라〉는 우리의 아리랑만큼이나 쿠바 국민들의 사랑을 받고
있는 노래다. '관타나모의 농사꾼 아가씨'란 뜻을 담고 있는 이 곡은 쿠바
의 국부(國父) 호세 마르티가 지은 시 구절을 노랫말로 삼았다. 이 노래
의 배경이 된 관타나모는 오늘날 음악이 아니라 전혀 다른 이유 때문에
새삼 악명을 떨치고 있다. 바로 관타나모에 설치된 미국 해군기지 내 포
로수용소 때문이다.

1898년 쿠바 독립전쟁에 개입한 미국은 스페인에게 쿠바의 독립을 승인 받는 대신 3년 동안 쿠바를 자국의
군정 하에 두었다. 1901년 쿠바의 공화제 헌법 제정과 때를 같이해 미국의 내정간섭과 군사기지 설치를 인
정하는 '플래트 수정조항'이 추가되었고, 이에 따라 1903년 관타나모에 미국의 해군기지가 설치되었다.[6]

관타나모 해군기지는 미국이 '테러와의 전쟁'을 벌인 이래 이른바 '테러 분자'들을 가둬놓은 수용소로 다시 세계인들의 주목을 받게 된다. '캠프 엑스(Camp-X)'로 불린 이 구금시설에는 미국이 이라크와 아프가니스탄 등에서 사로잡은 탈레반과 알카에다 포로들이 수용된 것으로 알려졌다. 하지만 일부 테러리스트들과는 별개로 다수의 민간인들이 구체적 증거나 적법 절차 없이 이곳에 끌려와 있었던 것으로 전해졌다. 뿐만 아니라 수용소 안에서 갖가지 고문과 인권침해가 빈번히 자행되고 있다는 사실이 폭로되어 문제가 되기도 했다.

1494년 콜럼버스가 처음 이곳에 발을 디딘 이래 쿠바를 점령한 스페인 침략자의 상륙지로, 또 열강들 사이에 벌어졌던 전쟁의 주요 무대가 되었던 관타나모. 어쩌면 쿠바 사람들은 〈관타나메라〉를 부르며 독립의 상징인 마르티와 함께 아직도 식민지 상태로 머물러 있는 관타나모를 떠올렸을지도 모를 일이다. 〈관타나메라〉의 평화롭고 아름다운 선율 뒤에는 쿠바 민중들의 눈물이 짙게 배여 있는 셈이다.

혁명, 그리고 역설(逆說)의 변증(辨證)

쿠바는 미국과 국교 단절 이후 줄곧 대립관계이며 여전히 적성국 상태이다(만식이 쿠바를 여행한 지 몇 달 후에 쿠바와 미국의 국교정상화가 재개되었다). 여권에 쿠바 출입국 도장이 있으면 미국으로 재입국할 때 곤란을 겪는 경우가 많다. 쿠바에 입국할 때는 30달러짜리 여행자 카드를 사서 기록해야만 한다.

만식도 예외는 아니었다. 옆자리의 캐나다인 승객은 생년월일 순서를 잘못 기재했다가 새 카드를 한 장 더 사야 했다. 출국할 때도 25달러의 출국세를 별도로 내야 한다. 쿠바가 접근하기 어려운 나라로 분류되는 이유 중 하나이다.

쿠바인들은 비인간적인 미국식 경쟁체제와 자본주의를 욕하면서도 여전히 미국을 동경했다. 미국을 증오하면서도 미국처럼, 미국인처럼 되기를 갈망하는 모순이 존재했다. 라디오에서 흘러나오는 음악들도 미국 팝송이 많았다. 이율배반이었다. 만식은 이 대목에서 쿠바가 처한 현실,

사회주의 혁명과 자본주의의 모순점에 대한 생각에 빠져들었다.

쿠바를 공장에 비유하자면 미국과 좋은 관계를 유지하고 있을 때는 잘 돌아갔다. 흥청망청 소리가 나올 정도였다. 그러나 미국이 빠지면서 어느 순간 기계가 모두 멈춰서버린 것과도 같았다. 낡은 옛날 기계들을 고쳐가며 겨우 공장을 돌리고는 있지만 거의 한계에 다다른 것이나 다름없었다. 미국을 제국주의, 향락주의, 자본주의의 공룡으로 낙인찍어 몰아내고 사회주의 혁명에 성공했지만 결과는 평등한 가난과 성장 중단이었다. 물론 미국의 제제와 같은 방해가 제일 큰 영향을 미쳤을 것이다.

쿠바를 다녀온 사람들이 흔히 하는 말이 있다.

'지금 쿠바에서 합리적이고 신속한 자본주의적 서비스를 기대한다면 실망할 것이고, 사회주의 혁명의 순수함을 찾으려 한다면 더 크게 실망할 것이다.'

만식이 길거리를 다니면서 마주친 사람들도 그렇다. 대부분의 행인들이 도대체 뭐 하는 사람들인지 짐작할 수가 없었다. 호객을 하는 택시 기사나 관광업에 종사하는 사람들 말고는 거의 무직자들처럼 보였다. 만식은 이런 광경들을 보면서 또 생각했다.

'자기들끼리 문 걸어 잠그고 살려한다면 가난한 사회주의도 좋을지 모른다. 그러나 다른 나라들과 교류하고 살려면 경제적으로 잘사는 게 중요하다. 가난하면 우리 누이들과 아이들이 외국에 돈을 받고 팔려간다. 아무리 혁명에 성공하면 무엇 하나. 국민들이 부유한 나라의 값싼 노동자로 전락하는데.'

그렇다고 쿠바인들이 늘 가난과 나태, 절망에만 빠져있는 것은 결코 아니었다. 아바나를 파도로부터 지켜주는 방파제가 있는 말레콘 지역에 가면 행복한 쿠바인들의 일상이 펼쳐진다. 한가롭게 낚시하는 사람들, 사랑의 밀어를 나누는 젊은 연인들, 수영과 다이빙을 즐기는 천진난만한 아이들, 산책 나온 다정한 가족들을 곳곳에서 만날 수 있었다. 손녀에게 책을 읽어주는 인자한 할아버지의 모습도 보였다. 쿠바의 어디를 가나 비록 가난하지만 웃고 춤추고 노래하면서 희망을 안고 살아가는 사람들이 있었다.

'혁명이 가져다 준 자유의 힘이 바로 그런 것이 아닐까.'

혁명 후 찾아온 이율배반, 그리고 자유. 이것이야말로 '역설(逆說)의 변증(辨證)'인 것만 같았다.

근사한 쿠바 산(産) 커피를 공짜나 다름없이

쿠바를 여행하는 외국인들은 미국 달러와 맞먹는 비싼 CUC를 사용해야만 한다. 그러나 내국인들은 CUC에 비해 24분의 1밖에 안 되는 싼 쿠바 페소(MN, 과거 중국의 인민폐와 비슷한 개념)를 사용한다. 하지만 길거리에서 파는 핫도그나 커피 같은 것을 사먹을 때는 외국인들도 쿠바 페소를 사용할 수 있다. 1페소로 근사한 쿠바 산 커피 한 잔을 마실 수 있다.

아바나에 있는 아이스크림 가게 코펠리아(Coppelia)에서도 두 종류의 화폐가 다 통용된다. 현지인들과 함께 줄을 서서 기다리면 쿠바 페소로 엄청 싼 가격에 큼지막한 아이스크림과 롤케이크를 맛볼 수 있다. 줄을 서기가 싫다면? 외국인용 좌석으로 가서 비싼 가격의 CUC로 같은 아이스크림을 먹으면 된다.

만식은 당연히 현지인들과 함께 줄 서는 쪽을 택했다. 계산해보니 미국 달러로 10센트도 채 안 되는 가격에 아이스크림을 배불리 먹은 셈이었다. 이런 면에서는 '인민의 낙원'임에 틀림없다. 아이스크림이나 길거

리 커피를 마실 때만 그렇다는 게 아쉬울 따름이지만.

　또 한 가지 불편한 점은 통신이 아예 안 된다는 것이다. 스마트폰 통신 기능이 완전히 먹통이라 쿠바에 있는 동안은 마치 유배지에 있는 것과 같았다. 전화나 인터넷이 되지 않으니 바깥세상과 연락이 모두 두절된 것이나 다름없다(미국과 국교 재개를 즈음해 아바나 시내에서도 공공 인터넷이 가능해졌다). 나중에 콜롬비아 보고타 공항에 와서야 비로소 문명세계로 돌아온 느낌이었다.

남미 다른 나라에도 있지만 쿠바의 카사(CASA)는 좀 특별했다. 카사
는 원래 스페인어로 '집'이라는 뜻이다. 쿠바 당국이 비교적 괜찮은 집들
을 골라 외국 여행객들에게 숙소로 제공해 영업할 수 있도록 한 시스템이
다. 쉽게 말해 국가에서 지정한 민박집이다. 쿠바에서는 값비싼 호텔보다
이런 카사를 이용하는 것이 여러 면에서 편리하고 저렴하다.

쿠바에서는 어디를 가나 카사들이 있다. 운이 좋으면 저렴한 비용으로
깨끗하고 넓은 카사에서 지낼 수 있다. 만식도 쿠바에 온 첫 날은 미리 예
약한 호텔을 이용했지만 다음날부터는 카사에서 묵었다. 사탕수수 농장
과 식민시대 저택들, 앙꼰 해변이 있는 트리니다드와 체 게바라가 혁명전
투에서 승리한 도시 산타클라라를 방문했을 때도 카사를 이용했다. 나머
지 아바나에서의 3일도 마찬가지였다.

쿠바에서는 MSG 즉, 화학조미료를 쓰지 못하게 되어 있다. 모든 재료
가 유기농인 셈이다. 건강을 위해서는 그 편이 더 나았다. 카사에서는 주
인아주머니의 강력한 추천에 따라 바다가재(lagosta)를 두 번이나 먹었
다. 다른 국가들에 비하면 3분의 1도 안 되는 싼 가격이었다.

트리니다드 카사에서는 주인인 로미오가 '땅고', 즉 탱고 레슨을 해주
기도 했다. 로미오는 밤에 근처의 탱고 클럽에 가자고 유혹을 했다. 원래
쿠바에서 탱고를 배우면 선생님을 모시고 클럽에도 함께 가는 것이 자연

스러운 것이라며. 게다가 예쁜 여자들도 많이 온다는 게 아닌가. 은근히 압력으로 느껴지기까지 했다.

하지만 말도 통하지 않고 몸도 피곤했다. 잠이 모자랐고 다음날도 이른 시간부터 움직여야 한다. 게다가 그 탱고 클럽은 만식이 낮에 슬쩍 보았던 곳인데, 대부분이 할아버지와 할머니들뿐이었다. 로미오가 말하는 예쁜 여자들이 그 할머니들일 가능성이 다분했다. 제안을 정중히 거절하자 로미오도 더 이상 강요하지는 않았다. 미안한 마음에 쿠바 산 크리스탈 맥주를 대접하는 것으로 그날 레슨을 마무리했다.

여행자가 되면 좋은 것 중 하나가 현지의 관습과 문화에 얽매이지 않을 자유를 누릴 수 있다는 점이다. 살아가면서 많은 눈치를 보아야 하고 남을 의식해야 할 일이 많다. 자기 인생을 사는 건지 타인을 위해 사는 건지 헷갈릴 정도다. 하지만 여행지에서는 그런 고민을 할 필요 없이 자유 의지에 따라 행동해도 누가 뭐라고 할 사람이 없다.

아바나 대학교서 만난 쿠바 청년

아바나에서 머물렀던 카사는 베다도 지역의 아바나 대학교 부근이었
다. 만식의 다음 목적지는 센트로와 말레콘 지역. 쿠바의 대학교 구경도
할 겸 아바나 대학교를 통과하는 지름길로 걸어가기로 했다. 교정 곳곳에
담소를 나누거나 책을 읽는 대학생들의 모습이 보기 좋았다. 그중 한 명
이 만식에게 다가와 안내를 자처했다. 이름은 앤드류. 23세 청년이었다.
영어를 능숙하게 구사했다. 만식이 자기 나라 이름을 말하니까 앤드류 역
시 다른 사람들과 똑같이 남인지 북인지부터 물었다.

"노르테(norte), 수르(sur)?"

헤밍웨이 기념비가 있는 코히마르에서 그랬듯이 중남미를 다니면서
곧잘 듣는 질문이었다. 남한이라고 하자 앤드류는 축구 이야기부터 시작
했다. 얼마 전 한국의 국가대표급 축구선수가 이곳 아바나 대학교에 와서
스페인어 어학연수를 했다면서 친근감을 보였다. 만식은 일단 앤드류의
호의를 고맙게 받아들이기로 했다. 앤드류는 대학교 교정을 돌면서 설명

을 이어갔다.

그는 "피델 카스트로가 바로 이 대학 출신이다. 저기 저 건물에서 공부를 했다"고 자랑스럽게 말했다. 학교 부근 식당으로 안내하면서는 "이곳이 피델 카스트로가 혁명을 모의하고, 성공한 뒤 체 게바라를 비롯한 혁명 동지들과 자축연을 연 곳"이라고 설명했다. 실제로 식당 2층의 한쪽에 있는 빈 테이블 위에 기념패가 놓여 있었다. 그 말이 사실인지 아닌지 확인할 길은 없었지만, 사실이라면 운 좋게도 역사적인 장소를 방문한 셈이었다.

앤드류의 제안으로 모히또(Mojito, 럼과 사탕수수, 레몬 등으로 만든 쿠바의 대표적인 칵테일) 한잔씩을 마신 뒤 헤어졌다. 헤어지기 전 앤드류가 책자를 하나 내밀며 사줄 수 있는지 물었다. 만식도 안내를 해준 보답을 하고 싶었다. 그러나 자그마한 것이라도 짐을 더 늘릴 수는 없었다. 사정을 설명하고 거절을 하는 여행객의 마음이 그다지 편하지 않았다.

앤드류와 헤어진 만식은 남쪽으로 반시간 정도를 걸어 쿠바 내무부 건물이 있는 혁명광장에 도착했다. 건물 외벽 한쪽에는 체 게바라의 얼굴이 크게 새겨져 있었다. 체의 얼굴 아래에는 그의 유명한 어록인 '영원한 승리의 그날까지(Hasta la Victoria Siempre)'라는 문구가 보였다. 광장 맞은편에는 호세 마르티의 탄생 100주년 기념탑도 서 있었다. 관광객들

은 체 게바라의 얼굴을 배경으로 기념사진을 찍기에 여념이 없었다. 혁명의 아이콘이 하나의 관광상품으로 전락한 것 같아 어쩐지 허무한 느낌마저 들었다.

그곳이 넓은 광장이었고 바닥에서는 뜨거운 열기가 올라왔기 때문에 더욱 그런 기분이 들었던 것인지도 모른다.

그리운 날 옛날은 지나가고

　쉽게 오기 어려운 쿠바까지 온 김에 만식은 아바나에만 머물지 않고 여기저기를 부지런히 돌아다니기로 했다. 다음 목적지는 비냘레스. 아바나에서 '비아술'이라는 버스를 타고 3시간 30분 정도 거리에 있다. 백만 년에 걸쳐 빗물이 녹아내린 석회암지대에 단단한 몇 군데가 남아 봉긋한 봉우리 형태의 멋진 풍광을 연출했다. 마치 선사시대 공룡이 살던 때의 풍경이 이렇지 않았을까.

　다음 날은 도시 전체가 유네스코 세계문화유산으로 지정된 트리니다드를 찾았다. 아바나에서 버스로 6시간이 걸렸다. 트리니다드는 식민지 도시의 뛰어난 사례로 꼽히는 곳이다. 많은 고풍스런 건물과 공공 광장이 현존하는 도시다. 건축과 역사, 문화적 요소를 함께 담고 있는 중요한 가치를 지닌 곳이다. 하지만 그 도시의 뒤란에도 어김없이 역사의 그늘이 드리워져 있었다.

　스페인은 쿠바를 정복하고 식민지화하기로 결정한 직후, 돈 디에고 벨

라스케스를 이곳으로 파견했다. 그는 1514년에 새로운 도시를 건설하면서 성 트리니티를 기리기 위해 이름을 '산티시마 트리니다드'라 했다. 트리니다드는 당시 아메리카 대륙을 정복하기 위한 교두보였으며, 16세기 말에는 경제적인 역할이 증대되면서 그 전략적 효용성이 다시 강조되었다. 그리고 18세기 말에 이르러 설탕산업이 로스 인헤니오스 계곡에 확고하게 자리 잡으면서 크게 번성했다. 오늘날 도시를 매력적으로 보이게 하는 건물들은 대부분 설탕산업의 발달과 함께 지어졌다.

만식은 강렬한 태양 아래 색이 바랜 형형색색의 담장들 사이를 걸었다. 건물들은 모두 옅은 파스텔 톤이었다. 도시의 모든 길은 마요르 광장으로 이어지는데, 그 끝에는 수녀원의 종탑이 광장을 내려다보고 있었다. 종탑의 창문을 통해 바라본 도시는 원색으로 빛났지만 그 빛은 왠지 쓸쓸해 보였다. 옛 사탕수수농장의 영화와 함께 흑인 노예들의 애환이 느껴지는 듯했다.

만식은 그곳에서 하루를 더 머무르며 옛날 식민지시대 증기기관차를 타고 근처 사탕수수농장들이 있는 인헤니오스 계곡에도 가보았고, 잠시 앙꼰 해변을 다녀오기도 했다. 인헤니오스 계곡에는 폐물이 되어버린 사탕수수 압착기와 여름별장, 막사 등 사탕수수농장과 관련된 낡은 시설들이 널려 있었다. 살아있는 설탕산업박물관을 방불케 했다. 1816년에 지어졌다는 마나카 이스나가 탑의 높이는 45m로, 한때 여기서 울려 퍼지는

종소리가 사탕수수농장의 근무 시작 시간과 종료 시간을 알려 주었다고
한다. 과연 누구를 위하여 종은 울리는 것일까. 문득 흑인 노예를 위한 영
가가 떠올랐다.

그리운 날 옛날은 지나가고
들에 놀던 동무 간 곳 없으니
이 세상에 낙원은 어디뇨
블랙 조 널 부르는 소리 슬퍼서
나 홀로 머리를 숙이고서 가노니
블랙 조 널 부르는 소리 그립다

게바라의 도시 산타클라라

아바나로 돌아올 때는 버스 대신 택시를 이용했다. 원래 아바나로 되돌아가야 하는 택시라 가격도 쌀 뿐더러 시간도 훨씬 절약할 수 있었다. 택시에는 동행이 있었다. 마론이라는 영국인 대학생이었다. 현재 뉴욕의 어느 칼리지에서 영화를 전공하고 있다고 했다. 마론 역시 혼자 여행 중이었는데, 서로 마음이 비슷했는지 택시를 타고 오는 동안 두 사람은 많은 대화를 나누었다.

"아저씨는 이 머나먼 쿠바까지 왜 오셨어요?"

마론이 불쑥 질문을 던졌다. 평범하고 당연한 질문이었지만 만식은 마치 허를 찔린 것처럼 당황스러웠다. 정말로 내가 여기 왜 왔을까.

"허허, 갑자기 그렇게 물으니까 나도 잘 모르겠네."

만식은 잠시 뜸을 들이다 다시 대답했다.

"음, 그냥. 오기 힘든 나라여서. 멕시코 만과 카리브 해의 정서를 느끼고 싶어서. 그리고 전 세계 젊은이들에게 혁명의 아이콘이 된 게바라와 카스트로가 혁명에 성공한 나라를 직접 보고 싶어서겠지."

만식은 마론에게 되물었다.

"그러면 너는 여기 왜 왔니?"

그 역시 특별한 이유는 없었던지 "사실은 저도 아저씨랑 같은 생각이에요"라고 짧게 대답했다. 만식은 문득 마론에게 생전 게바라가 딸에게 보냈다는 편지의 한 구절을 들려주고 싶었지만 짧은 영어 실력으로는 미처 그를 다 옮길 수 없었다.

어른이 되었을 때 가장 혁명적인 사람이 되도록 준비하여라. 이 말은 네 나이에는 많이 배워야 한다는 것을 뜻한단다. 정의를 지지할 수 있도록 준비하여라. 나는 네 나이에 그러지를 못했단다. 그 시대에는 인간의 적이 인간이었다. 하지만 지금 네게는 다른 시대를 살 권리가 있다. 그러니 시대에 걸맞은 사람이 되어야 한다.

만식은 아바나에서 버스로 4시간가량 걸리는 산타클라라도 찾아갔다. 산타클라라는 '체 게바라의 도시'라고 할 수 있다. 도시 곳곳에 게바라의

흔적이 남아있다. 게바라는 1958년 24명의 혁명군을 이끌고 이곳에서 300여명의 바티스타 정부군을 상대로 승리했다. 이것이 혁명군 승리의 분기점이 되었다고 한다.

만식은 수류탄, 단검, 소총으로 무장한 게바라 기념비와 그의 무덤, 박물관을 둘러보았다. 도시 곳곳에는 게바라와 카스트로의 벽화나 포스터들이 난무했다. 어느 공장의 벽면에는 마치 공공기관 벽면을 장식하는 국가지도자의 초상화처럼 게바라의 초상화가 떡 하니 걸려있기도 했다. 그것은 만식에게는 어딘지 낮익기도 한 풍경이었다.

쿠바의 남동쪽 끝에 있는 산티아고데쿠바까지는 다녀오지 못했다. 아바나에서 차로 15시간이 넘는 거리였기 때문이다. 멕시코로 망명했던 카스트로와 게바라가 혁명군을 이끌고 다시 쿠바에 돌아올 때 처음으로 상륙한 도시다. 혁명군 게릴라 전투의 발상지 같은 곳이라 꼭 가보고 싶었지만 다음 기회로 미루는 수밖에 없었다.

만식이 쿠바를 여행하고 돌아온 지 몇 개월 후 미국과 쿠바는 외교관계 복원을 선언하면서 금융거래와 여행 자유화 등 정책을 부활했다. 만식이 경험했던 '역설의 변증'도 이제는 옛 이야기가 되어버렸다. 만식으로서는 미국과 적성국 시절의 쿠바를 경험한 것이 오히려 행운이었다.

나 홀로 여행

홍만식은 원래부터 여행 전문가가 아니었다. 혼자 중남미를 다녀온 이후에도 결코 여행 전문가라고 할 수는 없다. 세상에는 그 보다 더 자주, 더 치밀하게 계획을 세워 여행을 다니는 이른바 '프로 여행가'들이 많다. 그런 프로 여행가 중 하나가 만식의 대학 선배인 김민주 교수다. 바로 만식의 중남미 여행을 뒤에서 지도해준 주인공이기도 하다.

그는 서울의 한 대학에서 미디어와 방송 커뮤니케이션을 가르치는 교수로 나 홀로 여행에 도가 튼 사람이다. 내일모레면 예순을 바라보는 나이임에도 불구하고 아직까지 체력이 왕성한데다 생각 역시 대학생 못지 않게 젊고 열정적이다.

그는 방학 때마다 가보고 싶은 곳으로 떠나기를 반복했고 마침내 4년 반 만에 세계 일주에 성공했다. 당연히 혼자였다. 처음부터 끝까지 다른 사람 도움 없이 혼자 움직였다. 비용이 많이 들었을 거라고? 전혀 아니다. 그런 사치스런 여행이라면 시도조차 하지 않았을 것이다. 또래 기업체 임원이나 고위관료들이 비즈니스 좌석을 이용해 미주나 유럽 쪽에 몇 차례 다녀오는 항공요금 정도밖에 들지 않았다. 장장 4년 6개월을 통 털어서 말이다.

'가급적 저렴한 비용으로, 자신이 가고 싶은 곳들을 골라 마음껏 다니면서, 무한한 자유를 만끽할 수 있는 여행.'

그것이 바로 김민주 교수가 추구하는 진짜 여행이다.

김 교수는 말한다.

"그런 여행을 위해서는 우선 미지의 세계에 대한 끝없는 호기심이 있어야 해. 그리고 그것을 실행에 옮길 수 있는 결단력과 도전정신을 갖추어야 해. 혼자 위험을 헤쳐 나갈 수 있는 담력과 외로움을 견딜 수 있는 인내력도 필요하지."

만식이 김 교수의 도움을 받아 나름대로의 나 홀로 여행 지침을 만들었다.

─우선 가고 싶은 곳을 정한다. 버킷리스트처럼 죽기 전에 한번쯤은 가보고 싶은 곳들을 정해놓고 그때그때 상황에 맞게 선택하면 된다. 시간

이 많고 경제력이 넉넉하다면 가장 가기 힘든 곳까지도 가볼 수 있을 것이다. 만약 경제력이 부족하다면 그 비용에 맞춰서 다녀올 수 있는 곳을 찾으면 된다. 다른 여건은 되는데 시간이 부족하다면 짧은 일정으로 갔다 올 수 있는 곳을 정하면 될 것이다. 어떤 경우라도 배우자 등 가족이나 주변사람들의 양해와 도움이 필요한 것은 당연하다.

―목적지가 정해졌으면 가장 효율적이고 저렴한 비행 루트를 결정해야 한다. 물론 온라인을 이용하는 것이 유리하다. 무엇이나 그렇듯이 준비가 반이다. 확실하고 꼼꼼하게 준비하면 할수록 현지에 가서 편한 법이다. 그러기 위해서는 컴퓨터 앞에서 많은 고민과 연구를 해야 한다. 항공은 해당 지역의 주력 항공사 홈페이지를 이용하는 것이 가장 좋다.

―한 군데만 갔다 오는 여행이라면 항공이나 숙박이 단순하다. 그냥 자신에게 맞는 가격대의 항공과 숙박을 정해서 떠나면 된다. 그러나 여러 곳을 들를 경우에는 좀 복잡한 방정식이 필요하다. 마치 윷놀이를 할 때 똑같이 모나 윷이 나오더라도 윷판 위의 말들을 어떻게 움직이느냐에 따라 결과가 달라지듯 다양한 방법들이 있을 수 있다.

―보통은 가장 먼 곳으로 들어갔다가 가장 가까운 곳에서 되돌아오든지, 아니면 그 반대 루트를 이용한다. 한국에서 중남미를 갈 경우 미국, 캐나다 등 북아메리카를 경유하거나 중동, 유럽 혹은 남아공 같은 곳을 경

유할 수 있다.

─미국을 경유하면 환승 과정이 까다롭다. 짐이나 사람에 대한 보안 수색 과정 등에서 상당히 번거롭다. 예컨대 화물로 맡긴 짐은 목적지까지 자동으로 옮겨 싣는 게 보통인데, 테러에 대한 경각심이 높은 미국에서는 환승객들도 반드시 짐을 찾아 보안검색을 다시 받고 탑승을 해야 한다. 다른 지역을 경유할 경우는 그렇지 않다.

홍만식은 이런 기본 지침에 따라 중남미를 택했다. 여행 루트는 가장 가까운 곳으로 들어갔다가 가장 먼 곳에서 되돌아오는 것으로 했다. 미국을 경유해 멕시코 캔쿤으로 갔다가 브라질 리우데자네이루에서 미국을 거쳐 되돌아오는 것으로 정했다. 몇 군데를 경유하고 심지어는 왔던 곳으로 되돌아갔다가 다시 가는 루트지만 항공요금을 아끼기 위해서는 불가피한 선택이었다.

먼저 미국 샌프란시스코에 들러 7~8시간 체류한 뒤 라스베이거스를 거쳐 캔쿤으로 향하는데, 라스베이거스에서는 비행기가 샌프란시스코까지 들러 승객들을 더 태운 뒤 최종 목적지인 캔쿤으로 날아갔다. 만식은 그런 과정들을 오히려 역으로 이용했다. 샌프란시스코에서는 시내로 나가 금문교와 베이브리지를 보고, 피어39 등의 명소들도 둘러봤다. 라스베이거스에서는 하룻밤을 묵으면서 화려한 '현대판 소돔과 고모라'를 다시 한 번 둘러볼 수 있었다.

—큰 줄기의 출입국 항공일정이 정해지면 해당 여행지 안에서 이동할 방법을 선택한다. 해당 지역의 저가 항공들이나 열차, 버스 등 다양한 교통편 중에 적당한 것을 이용하면 된다.

—이동 루트와 이동 방법들까지 정해졌다면 이제 숙소를 정할 차례다. 숙소는 여러 명이 쓰는 저렴한 도미토리 형식부터 비싼 호텔까지 다양하므로 예산에 맞게 정하면 된다. 하루 2~3만 원 정도의 유스호스텔이나 도미토리를 이용하면 숙박비를 한 달에 100만원 이내로 줄일 수 있다. 이런 저렴한 숙소는 대학생 등 젊은 배낭여행객들이 많이 이용한다.

—간혹 야간에 이동하는 비행기나 열차, 버스 등을 이용해 이동과 숙박을 동시에 해결하면서 여행 경비를 절약할 수도 있다.

—여행 일정과 항공편, 현지 이동방법, 숙소까지 정해지면 준비가 다 끝났다. 현지 정보와 구체적으로 해야 할 일들을 각자 챙겨서 출발하면 된다. 통상 이러한 정보들을 얻기 위해서는 naver나 daum, google, lonely planet 같은 웹 사이트들을 이용하는 것이 좋다.

만식은 그렇게 출발했다. 그가 꼭 나 홀로 여행만을 고집하는 것은 아니다. 패키지나 그룹 여행도 꼭 가야 할 경우라면 가서 즐기지만 일부러 선호하지는 않는 편이다. 뭐랄까, 여행의 참맛은 나 홀로 여행에 있는 것 같다. 혼자 떠나는 여행이야말로 더 큰 자유로움을 느낄 수 있다는 게 만식의 지론이다.

물론 나 홀로 여행의 경우 외로움과의 싸움은 각오해야 한다. 혼자 다니기 때문에 힘이 들고 위험한 것도 사실이다. 하지만 혼자이기 때문에 몸이 가볍고, 원하는 대로 결정할 수 있는 유리한 점도 있다. 만식은 과거 9.11테러 직후 아프가니스탄 전쟁 때 아프간에 단신으로 들어가 취재했던 경험이 있다. 그때도 혼자 움직인 것이 오히려 도움이 되었었다.

에콰도르 키토, 적도

나의 적들이 나의 피를 어찌 뿌리는지 보게 하소서!

적도공화국(Republic of Ecuador), 에콰도르

쿠바 아바나를 떠난 비행기는 콜롬비아 보고타 공항에 안착했다. 만식은 에콰도르 키토 행 항공기로 갈아타기 위해 여기서 몇 시간을 대기해야 했다. 역시 처음 가보는 나라, 콜롬비아. 지식이 거의 없었다. 마약, 반군, 강도 등 좋지 않은 이미지들이 많았다. 미국 위주의 외신이나 영화 같은 것들을 통해서만 이 나라를 접해온 탓이기도 하리라.

하지만 보고타 공항의 첫인상은 꽤 좋았다. 우선 스마트폰의 통신신호가 잡히고, 와이파이까지 무료였다. 통신이 먹통이던 쿠바에 있다가 오니까 비로소 문명세계에 온 느낌이었다. 면세점들이 깔끔하게 잘 꾸며져 있었고, 오가는 사람들도 상당히 여유가 있어 보인다. 만식은 그동안 확인할 수 없었던 문자와 메일들을 점검하고 약간의 요기를 한 후 키토 행 항공기에 몸을 실었다. 저가 항공인데다 구간이 짧았음에도 커피와 음료까지 나왔다.

만식에게 에콰도르는 쿠바만큼이나 생소한 나라였다. 만식은 커피

를 마시며 준비해온 에콰도르 자료를 살펴보았다. 에콰도르는 한마디로 '적도의 나라'이다. 적도선이 지나가고 그 표식점이 있는 나라로 유명하다. 영어로 적도가 'equator'이고 국가명이 'republic of Ecuador'이니 나라 이름 자체가 적도공화국이다. 최대 항구도시인 과야킬이 있고, 찰스 다윈의 〈종의 기원〉으로 유명한 갈라파고스 제도가 있다. 면적은 한반도(약 22만*km*²)보다 조금 넓은 28만*km*²이다. 원래 좀 더 컸는데 페루와 국경분쟁 전쟁에서 패배하면서 국토의 40%쯤 되는 아마존 유역을 페루에 넘겼다.

수도는 키토, 해발 2,850m나 되는 고원지역이다. 그러다보니 한 시기, 한 도시에 4계절이 모두 있다. 아침, 낮, 저녁과 밤 날씨가 각각 4계절이 뚜렷한 나라의 봄, 여름, 가을, 겨울 날씨와 비슷하다. 인구는 메스티조와 인디오가 대부분(80%)을 차지하고 있다.

15세기 후반 쿠스코를 수도로 둔 잉카 제국의 침략을 받아 복속된 후 잉카 제국이 키토와 쿠스코로 분리되었을 때 다시 각각 스페인의 식민지가 되었다. 19세기 초반 스페인으로부터 독립해 에콰도르 공화국을 선포했고, 콜롬비아 연방(콜롬비아, 에콰도르, 베네수엘라)에 통합되었다가 탈퇴해 지금의 에콰도르가 되었다.

태양신과 황금의 흔적

키토는 원래 기원전 1,000년경부터 '퀴투스(태양)' 부족의 수도로 구석기 유적이 발견되는 오래된 도시다. 하지만 스페인 사람들이 구석기나 신석기 유물들을 철저히 파괴하는 바람에 지금은 그 흔적을 거의 찾아볼 수가 없다고 한다. 잉카의 마지막 왕자 두 명이 반군을 이끌고 끝까지 저항하다 잡혀서 화형을 당한 곳이기도 하다. 이로써 잉카가 영원히 사라져 버린 도시가 바로 키토다.

잉카는 사실상 쿠스코에서 시작했다. 그러나 잉카의 6대 왕이 퀴투스 부족과의 싸움에서 지면서 화평조건으로 퀴투스 부족의 공주와 결혼했고, 그 아들 아타우알파를 잉카 제국의 후계자로 지명했다. 그 바람에 20년 동안 내란을 겪었다. 결국 아타우알파가 승리했으나 프란시스코 피사로가 이끄는 스페인 정복자들의 침략으로 끝내 멸망하고 말았다.

1531년, 소수의 병력을 이끌고 남미로 떠난 피사로는 천신만고 끝에 페루의 툼베스로 들어갔다. 그러나 다른 정복자들에 의해 이미 파괴된 툼

베스에 머물 수 있는 상황은 아니었기에 결국 안데스를 넘어 내륙으로 들어가기로 결정한다. 피사로는 페루 북부에 '산 미구엘 피우라'라는 마을을 세우고 이를 전진기지로 삼았다. 이때 그들을 지켜보고 있던 잉카인들은 피사로의 움직임을 카하마르카에 있던 아타우알파에게 낱낱이 보고했다.

사실 피사로의 병력은 겨우 170여명에 지나지 않았지만 아타우알파는 유사시 동원할 수 있는 예비 병력까지 합쳐 무려 8만의 병력을 거느리고 있었다. 그렇지만 피사로는 계략을 세워 방심한 아타우알파를 자신의 진영으로 끌어들여 사로잡고, 카하마르카에 진을 치고 있던 7천명의 잉카 군을 궤멸시켰다. 그 후 근처의 잉카 본영까지 습격하여 그곳에 있던 많은 양의 황금과 보석을 약탈했다.

인질로 잡힌 아타우알파는 자신이 갇힌 방의 벽에 자기 키 만큼 선을 그어 거기까지 황금을 채워주겠다고 약속했다. 피사로가 제안을 받아들

제레드 다이아몬드는 퓰리처상을 수상한 그의 저서 〈총, 균, 쇠〉에서 1532년의 카하마르카 전투를 인류역사상 매우 중요한 분수령으로 묘사하고 있다. 구대륙(유라시아)과 신대륙(아메리카)의 사회들은 환경적·지리적 요인들 때문에 서로 다른 방향으로 발전했고, 카하마르카 전투는 두 사회가 직접적으로 충돌한 사건이라는 것이다. 유라시아의 환경적·지리적 조건은 유라시아, 특히 유럽인들에게 아메리카에는 없는 것들(총기, 병균, 금속)을 가져다 주었고, 구대륙 사회(스페인)가 신대륙 사회(잉카)를 이기고 그 땅을 강탈하는 데 결정적인 역할을 했다. 1521년에 멕시코의 아즈텍 제국이 스페인에게 멸망당한 후 잉카 제국마저 무릎을 꿇음으로써, 신대륙에서 원주민이 이룩한 문명은 마침내 종적을 감추게 된다.[7]

이자, 아타우알파는 신하들에게 명하여 제국 전역의 신전에서 황금과 보물을 가져오게 했다. 그러나 피사로는 황금이 채워지고 있는 동안 그를 운반해오는 잉카 병력들이 자신들을 공격할 것을 두려워해 끝내 아타우알파를 화형에 처하고 말았다.

아타우알파가 죽은 후 잉카 제국이 바로 망한 것은 아니었다. 제국의 영토와 군대는 그대로였다. 아타우알파의 죽음을 막기 위해 보물을 가지고 카하마르카로 오던 루미나위는 도중에 군주의 처형 소식을 듣고 길을 돌렸다. 그는 인근의 칼데라 호에 보물을 버린 후, 키토에 이르러 북방의

에콰도르를 건설하는 데 핵심적인 역할을 했던 제수이트회 선교사들이 160년 만에 완성했다는 키토의 콤파니아 교회는 내부가 화려한 황금으로 장식되어 '황금교회'로 불린다. 적도선 '인티 난(태양의 길)'과 함께 잉카가 남긴 태양과 황금의 전설, 그 흔적은 아닐까.

잉카 군을 모아 스페인 군과 대항했다. 그러나 본국의 증원으로 힘을 얻은 피사로는 잔여 잉카 군을 격파한 후 루미나위를 사로잡았다. 피사로는 버린 보물의 위치를 알기 위해 루미나위에게 혹독한 고문을 가했지만 그는 끝까지 위치를 말하지 않고 죽었다.

이후 잉카 제국은 급속히 쇠퇴하고 스페인의 속국으로 전락한다. 간간히 항전이 이어졌지만 이미 기울어진 국운을 되세우기는 어려웠다. 결국 1572년 투팍 아마루가 처형되면서 안데스 전역을 지배하며 찬란한 문명을 꽃피웠던 잉카 제국의 역사는 마침내 종언을 고하고 말았다. 처형을 당하기 전 마지막 '태양자(太陽子)'는 이렇게 외쳤다.

"어머니이신 대지여! 나의 적들이 나의 피를 어찌 뿌리는지 보게 하소서!"

공항에서 얻은 우연한 행운?

밤 11시가 넘은 시각. 키토 공항 부근에 다다르자 높은 산들과 불이 환한 도시의 전경이 비행기 바로 아래로 들어왔다. 피친차(pichincha) 화산의 중심을 떠받치고 있는 키토가 해발 2,850m의 고원에 자리 잡고 있기 때문이다.

만식은 마음이 급했다. 자정에 가까운 시간이라 시내로 가는 대중교통이 끊어졌을 가능성이 크기 때문이다. 그럴 경우 비싼 택시를 이용할 수밖에 없다. 그런데 출국장을 나서는 만식의 눈에 친근한 글씨가 보였다. 누군가가 들고 있는 피켓에 어느 한국 기업 이름이 눈에 들어왔다.

'여기서, 이 시간에, 우리나라 사람을?'

혹시나 하는 마음에 피켓을 든 현지인에게 물었다.

"혹시 한국 사람을 기다리나요?"

그러자 그 기업의 현지 고용인인 호세가 대답했다.

"보스가 곧 도착하는데, 시내에 있는 호텔이면 같이 가자고 해보세요."

호세는 영리해 보였고 순발력도 좋았다. 만식의 상황을 눈치 챈 모양이다. 어쩌면 한국인이 드문 곳에서 한국 사람들과 함께 일하며 한국 특유의 문화에 익숙해진 탓일지도 모른다고 짐작해보았다.

호세와 한참을 기다린 끝에 마침내 한국 기업인이 나타났고, 고맙게도 흔쾌히 근처까지 태워주겠다고 했다. 그는 중년의 나이에 혼자 여행하는 만식에게 "키토의 치안이 아직은 많이 불안하니 조심하라"는 당부를 몇 차례나 했다.

호텔에 도착한 만식은 덕분에 편하게 온 것에 대해 연신 감사의 말을 건네면서 서둘러 내렸다. 그런데 아뿔싸! 뜻밖의 행운에 너무 흥분했던 탓인가. 여권이 들어있는 작은 가방을 차에 놓고 내린 것이다. 밴 차량의 제일 뒷좌석에 둔 터라 호세도 그것을 발견하지 못할 가능성이 컸다. 운전사 이름이 호세라는 것, 기업인에게 건네받은 명함, 그리고 언뜻 그 기업인이 H호텔에 방을 잡았다고 귀동냥한 것 정도가 만식이 알고 있는 전부였다.

새벽 1시. 치안이 좋지 않다는 사실을 생각할 겨를도 없이 도로로 뛰어 나왔다. 지나가는 택시를 무조건 세운 뒤 큰 소리로 외쳤다.

"렛츠 고, H오뗄, H오뗄!"

호텔에 도착해 달려 들어가니 마침 그 기업인이 엘리베이터를 막 타기 직전이었다. 만식은 숨을 헐떡이며 자초지종을 이야기했다. 그러나 호세의 차는 이미 출발했고, 자신도 호세의 전화번호를 모른다는 것이 아닌가. 그는 몇 군데 전화를 했고 1시간쯤 지나서야 겨우 호세와 연결이 되었다. 호세는 여권을 찾아 뒤늦게 다시 차를 몰고 왔다. 만식은 안도의 한숨과 함께 고마움의 표시로 호세에게 사례비를 쥐어줬다.

인간지사 '새옹지마(塞翁之馬)'라지만 만일 그 돈으로 공항에서 바로 택시를 탔다면 이미 숙소에 도착해 잠에 들 시간이었다. 조금이라도 경비를 아껴보려다 돈은 돈대로, 시간은 시간대로 날렸다. 뿐만 아니라 호의를 베푼 사람들까지 번거롭게 만든 셈이 되어버렸다. 만식은 그 후로도 이 사건을 떠올릴 때마다 세상에 공짜가 없다는 평범한 진리를 되새기곤 한다.

세상에 공짜가 없다. 행운만 오는 법도 없다. 좋은 일에는 반드시 대가가 따르는 법이다. 눈앞의 황금을 집는 것은 그에 상응하는 다른 소중한 것의 상실임을 잊지 말기를. 그 반대도 마찬가지다. 그래서 세상은 늘 공평한 것 아닌가.

빵 덩어리 위의 성모 마리아

키토는 기대한 대로 멋진 도시였다. 밤새 해프닝을 겪고 잠까지 설친 만식의 눈에도 키토는 오래된 안달루시아 풍 구시가지와 현대식 빌딩들이 조화를 이룬 매력적인 도시였다. 한때 이곳은 북방 잉카 제국의 수도로 라틴아메리카에서도 보존이 잘 된 올드 타운 중 하나다. 그래서 이곳 구시가지는 유네스코 세계문화유산으로 지정되어 있다. 스페인의 영향을 받은 건축물이나 지역들이 라틴아메리카 전체에 산재해 있지만 키토처럼 대규모로 잘 보존된 곳은 없다고 한다.

만식은 지하철을 타고 일단 올드 센트로로 향했다. 중남미 지역에는 대부분 도시에 올드 센트로 지역이 있다. 대개가 당시 식민지 시대 모습을 보여주는 스페인 남부풍이다. 가운데는 중앙광장이나 무기고를 뜻하는 아르마스 광장이 있다. 그 주변으로 총독관저와 대저택이, 그리고 대성당과 주교관이 서로 마주보고 있다.

키토 시도 마찬가지다. 중앙광장 부근에 산 프란시스코 교회, 산토도

밍고 성당을 비롯해 국립박물관, 민속박물관, 시립박물관 등이 다 모여 있다. 만식은 올드 센트로를 천천히 걸어 다녔다. 박물관처럼 꾸며진 성당도 있었다. 한 성당에는 성모 마리아가 십자가에 못 박혀 있는 '마리아 십자가상'도 있었다.

'십자가에 못 박힌 성모 마리아라. 그 수난은 또 어떤 의미일까?'

만식은 그런 의문과 함께 유럽과는 다른 중남미의 예수 상에서 왠지 모를 섬뜩함을 느꼈다. 산 프란시스코 교회에 딸린 박물관을 돌아볼 때는 몇 차례 머리가 쭈뼛쭈뼛 서는 전율을 경험하기도 했다. 예수 상의 얼굴은 어김없이 원주민을 닮아있었고, 어떤 예수 상은 커다란 치마를 입고 있기도 했다. 특히 예수가 피를 흘리는 모습이 생생하게 표현되어 있었다. 식민의 고통을 감내하고 사랑으로 승화시키려는 자들의 아픔이 가슴 깊이 다가왔다.

중남미 가톨릭교회의 예수 상이 더욱 처절해 보이는 이유는 피비린내 나는 역사 때문이 아닐까. 기독교로 무장한 정복자들에게 학살당하고 개종되고 혼혈 자손들을 퍼뜨릴 수밖에 없었던 피식민 지배의 역사.

멀리 언덕 위에는 커다란 마리아 상이 키토 시내 전체를 내려다보고 있었다. '빵 덩어리'라는 뜻의 엘 파네시오 언덕으로, 마리아 상은 도시를 지켜주는 수호자인 'Virgin of Quito'이다. 만식은 택시를 타고 그곳을 올랐다. 가파르지만 그리 멀지 않은 산길인데 치안이 안 좋기 때문에 대부분 택시를 이용한다고들 했다.

언덕 위에 오르니 과연 키토 시가 한눈에 내려다보였다. 녹색 양탄자 같은 산들이 도시를 가로지르거나 둘러싸고 산자락 중간 중간에 건물과 마을들이 들어서 있다. 정상에는 파란 하늘을 배경으로 웅장하고 아름다운 마리아 상이 우뚝 서 있었다. 다른 대륙의 마리아 상과는 다르게 어깨에 천사의 날개가 달려 있고 위로 끌려 올라가는 형태였다.

택시 운전사 산체스는 그것이 요한계시록에 나오는 '최후의 날'에 승천하는 성모 마리아를 형상화한 것이라고 말했다.

"이 마리아상은 비행기 재료로 만들어졌어요. 1979년 키토가 유네스코 세계문화유산 도시로 지정된 것을 기념해 프랑스에 주문해서 20년 만에 만들었다고 해요."

산체스의 설명이 이어졌다.

"언덕 이름이 '빵 덩어리'인 데는 몇 가지 설이 있어요. 스페인 사람들이 금을 빵 모양으로 만들어 묻어놓았다는 이야기도 있고, 독립전쟁 당시 이곳에서 빵을 만들어 독립군들에게 나눠줬다는 이야기도 있지요."

영락없이 여기서도 금이 등장한다.

언덕을 내려온 만식은 이번에는 버스를 타고 30분을 달려 텔리페리코(케이블카)가 있는 곳으로 갔다. 케이블카를 타고 높이 4,000m가 넘는 피친차 화산 분화구 근처까지 올라갔다. 만식이 작년에 갔던 히말라야 안나푸르나 베이스캠프 높이가 4,130m이니까 거의 비슷한 높이다.

그곳에 오르니 엘 파네시오 언덕에서보다 더 넓게, 더 멀리까지 키토 시 전체가 그림처럼 펼쳐졌다. 시시각각 날씨가 변해 해가 비쳤다가 금세 구름으로 뒤덮이기를 반복한다. 도시를 덮고 있던 구름이 몰려와 일순간에 화산 봉우리를 휩싸기도 했다. 순간 만식은 약간 어지럽고 숨이 찼다. 고도가 높은 데서 오는 고산병 증세였다. 만식이 고도를 의식한 것이 먼저인지 고산병 증상을 느낀 것이 먼저인지 분명하지 않았다.

미타드 델 문도, 적도선

　만식은 다시 차를 타고 키토 시에서 북쪽으로 1시간 정도를 더 달려 적도탑과 적도선을 찾았다. 적도탑은 '미타드 델 문도(MItad del Mundo, '세상의 중심'이라는 뜻)'라고 한다. 독일 출신의 지리학자 훔볼트가 19세기에 측정해서 확정시킨 적도선이 지나가는 곳이다. '미타드 델 문도'에는 위에 둥그런 공 모양의 돌이 얹혀 있는 오벨리스크 형태의 탑이 있다. 네 군데의 옆면에는 동서남북이 각각 표시되어 있다.

　인공위성으로 정확하게 측정한 지리적, 수리적 적도선은 그곳에서 조금 떨어진 곳에 위치한 '인티 난(Inti Nan, '태양의 길'이라는 뜻)'이란 곳이다. 만식이 놀란 것은 훔볼트도 잘못 측정했던 적도선을 인디오들은 이미 알고 있었다는 점이다. 진짜 적도선이 지나는 인티 난은 일종의 민속

적도는 지구의 자전축에 대하여 직각으로 지구의 중심을 지나도록 자른 평면과 지표와의 교선으로 위도의 기준이며, 위도 0°의 선에 해당한다. 지리적으로는 위도 0°의 선이 지나는 지역을 말하기도 한다. 적도지역은 태양의 직사광선을 받는 일이 많고, 그 때문에 상승기류가 생기고, 적도무풍대(赤道無風帶) 또는 적도저기압대를 형성한다. 이로 인해 지구상에는 고온다습한 열대우림기후가 생긴다.

촌처럼 꾸며놓았다. 만식은 이곳에서 적도에서만 나타난다는 현상들을 경험했다.

안내인이 통에 물을 채웠다. 물 위에 나뭇잎을 띄워 놓고 통 아래쪽 마개를 뽑으니 나뭇잎들이 전혀 회전하지 않고 그대로 쑥 빨려 내려갔다. 그런데 불과 4~5미터 정도 남쪽, 북쪽으로 옮겨 실험을 하자 나뭇잎이 각각 시계 방향, 시계 반대방향으로 회전하면서 빨려 내려가는 것을 볼 수 있었다.

적도선 한쪽에는 못이 박혀 있었다. 만식이 안내인의 설명에 따라 못 대가리 위에 계란을 세웠더니 똑바로 섰다. 눈을 가리고 적도선을 걸어보니 똑바로 걸을 수가 없다. 이번에는 적도선 위에 서서 손가락에 힘을 주었는데 이상하게 힘을 쓸 수가 없다. 생각해보면 어린 시절 과학시간에 배운 것들이긴 하지만 실제로 그런 현상들을 직접 경험해보니 또 다르다. 세상살이도 그렇다. 아는 것과 겪는 것은 분명 다르지 않은가.

적도에는 작은 투우장과 성당도 있었다. 성당 바닥 한 가운데로 적도선이 지나갔다. 한쪽은 남반구, 다른 한쪽은 북반구에서 미사를 보는 셈이다. 만식은 고국에서 만났던 한 성당의 풍경을 떠올렸다. 전북 익산의 금강 가에는 '나바위성당'이라 불리는 선교 초기에 지어진 오래된 성당이 있다. 이 성당은 당시 풍속에 따라 가운데 칸을 막아 남녀 좌석을 분리

하고 출입문도 따로 내었는데, 이는 아직도 지켜지고 있다. 사실 따지고 보면 선이 무슨 의미를 갖겠는가. 남(南)이든 북(北)이든, 남(男)이든 여(女)든 그것을 가르는 것은 한낱 선일뿐인데. 00° 00′ 00″의 적도선처럼.

1980년대 〈적도의 꽃〉이라는 영화가 있었다. 주인공 미스터 M은 다섯 번째로 근무하던 회사에 사표를 낸다. 그리고 그는 더는 취업하지 않고, 아버지가 보내주는 생활비로 생활한다. M은 어느 날, 건너편 아파트에 이사 온 아름다운 여인 선영을 알게 된다. 선영에게 반한 그는 밤마다 몰래 그녀의 아파트를 망원경으로 훔쳐본다.

만식이 새삼 그 영화를 떠올린 것은 어떤 연상 때문이었다고 할까. 미스터 M의 처지에 대한 단순 유사성도 그렇지만 지금 만식이 적도에서 느끼는 감정 또한 그랬을 터였다. 예기치 않게 나락이라면 나락일 현실에서 내몰려 불현듯 떠나온 길, 그 길의 한가운데서 만난 적도! 이 특별한 공간에서 체험한 어떤 신기로운 현상보다 '적도'라는 단어가 주는 의미가 더욱 강렬하게 다가왔다. 나는 여기서 무엇을 볼 수 있을까. 과연 00° 00′ 00″의 선상에서 새로운 출발을 꿈꾸어볼 수 있을까.

은퇴 후 가장 살기 좋은 나라 에콰도르

에콰도르는 여느 라틴아메리카 국가들과 마찬가지로 스페인 식민지 시대의 영향과 토착 원주민 문화가 혼합되어 있다. 1460년경 남쪽으로부터 잉카 제국이 침입해 에콰도르를 점령한 후 잉카의 왕 후아이나 카팍은 잉카의 언어를 주입했고, 이는 아직도 에콰도르에서 널리 사용되고 있다. 안데스의 고지대인 케추아, 오트발레노스, 살라사카스, 사라구로스 등에서는 이직도 고대 잉카의 언어를 사용하고 있다. 해안지역 주민은 아프리카계 에콰도르인으로 마림바 음악과 춤, 축제 등으로 유명하다. 콜럼버스 이전 시대에는 도기, 회화, 조각, 금은 세공품 제작에 능했다.

현대 산업화의 압력이 늘어나고 있음에도 불구하고 아마존 강 유역의 열대우림지역에는 샤머니즘적 전통이 존재한다. 도시들은 그 지역의 특성을 잘 간직하고 있다. 오타볼로는 따뜻하고 진취적인 원주민들로 유명하다. 쿠엥카는 빛나는 식민지 시대의 건축물을 가진 유래 깊은 도시이다. 라틴아메리카의 다른 나라들과 마찬가지로 축구는 전 국민이 즐기는 스포츠다. 스페인인이 도입한 투우도 인기가 있다.

만식은 여행에서 돌아온 후 관심이 가는 신문기사 하나를 보았다. 미국의 해외은퇴 전문매체 인터내셔널 리빙이 '은퇴 후 가장 살기 좋은 국가'로 에콰도르를 선정했다는 기사였다. 만식이 현지에서 느낀 소감과는 차이가 있었다. 뭐 그럴 수 있다. 사람마다 바라는 바가 다를 수 있고, 현실과 조건에는 차이가 따르는 법이니까.

기사에 의하면 에콰도르는 부동산, 은퇴자 혜택, 생활비, 여가, 기후, 의료, 인프라, 외국인 친화도 등 8개 항목에서 평균 92.7점을 받아 1위를 차지했다. 기후가 따뜻하고 부동산과 생활비가 저렴한데다 은퇴자 혜택도 다양해 퇴직 후 생활하기 가장 좋다고 이 매체는 설명했다. 에콰도르에서도 은퇴자들이 가장 선호하는 도시는 중남부의 쿠엥카였다. 이곳에서는 한 달 생활비 1,500~1,800달러(약 165만~200만원)면 노부부가 안락하게 살 수 있다. 침실 2~3개가 딸리고 가구가 완비된 아파트 한 채의 월 임대료가 300~600달러(약 33만~66만원) 수준이다. 스페인 식민지 시절 지어진 옛 건물이 많아 유네스코 세계문화유산 도시에 선정되기도 했다고 신문은 덧붙였다.

페루

마추픽추, 쿠스코, 리마

그러니 그대 사라지지 말아라.

COLOMBIA
ECUADOR

BRAZIL

PERU
● 리마

BOLIVIA

비싼 대가(代價), 마추픽추 가는 길

키토 공항을 출발한 비행기는 밤늦게 페루 리마 공항에 도착할 예정이
다. 만식은 많이 피곤했지만 내일부터 이어질 빠듯한 일정이 걱정되어 잠
이 잘 오지 않았다. 결국 잠자는 것을 포기하고 좌석 등받이의 받침대를
내려 일정표를 펼쳤다.

여행은 2주째로 접어들었다. 오늘 밤 리마 공항에 도착해 내일부터 이
틀간 마추픽추와 성스러운 계곡(sacred valley), 쿠스코까지 모두 둘러
볼 것이다. 그리고 이틀 후 쿠스코에서 저녁에 떠나는 장거리 버스에 올
라 리마까지 무려 21시간 동안 버스 안에서 견뎌야 했다.

오늘은 리마 공항에서 밤을 샌 뒤 새벽 비행기를 타고 아침 일찍 쿠스
코에 도착해야 한다. 이어 잠깐 동안의 여유도 없이 곧바로 오얀타이탐보
까지 가서 마추픽추 행 기차를 타야 한다. 정오까지는 마추픽추의 입구인
아구아스칼리엔테스에 도착해야 하기 때문이다. 모든 일정이 빈틈없이
연결되어 있기에 하나라도 어긋난다면 나머지도 모두 엉켜버릴 수밖에

없는 상황이었다.

'리마에서 쿠스코로 가는 비행기는 크지 않은 중소형기인데 만약 이런 저런 이유로 취소라도 된다면….'

취소가 아니라 이륙이 단 몇 십분만 지연되어도 마찬가지였다. 남미에서 그런 일들은 비일비재하다. 만식의 머릿속에는 불안한 걱정들이 스쳐 갔다. 제발 별일 없기를 간절히 바랐다. 비행기에서 내린 뒤 정신없이 뛰고, 곧바로 택시를 잡아타고, 이어 간발의 차로 기차에 오를 자신의 모습을 상상하면서 살짝 잠이 들었다.

정말 잠깐이었다. 하지만 갑자기 바퀴가 땅에 닿는 꿍음에 놀라 깨어 보니 어느새 비행기가 착륙한 뒤 활주로를 달리며 속도를 늦추고 있었다. 눈을 감고 깜박하는 사이 30분이 지난 것이다.

밤 11시. 리마 공항. 국제선과 국내선이 함께 입주해 있었다. 공항 내부는 외국 관광객과 페루 현지인들로 무척 붐볐다. 환전소의 줄도 길게 늘어서 있었다. 만식은 우선 약간의 환전을 한 뒤 여행안내소를 찾아 마추픽추에 관한 필요한 정보들을 수집했다. 마추픽추의 하루 관람 인원은 2,000명으로 제한되어 있었다. 마추픽추 옆의 더 높은 봉우리들인 와이나픽추와 몬타냐는 하루 제한 인원이 400명에 불과해 늦어도 며칠 전 예약이 필수였다.

만식은 혹시나 해서 여행안내소의 컴퓨터를 잠시 빌려 예약을 하려 했으나, 안내소 직원은 마추픽추만 간다면 지금은 비성수기라서 예약이 필요 없다는 정보를 주었다. 내심 안도하는 순간, 한 동양인 남자가 잔뜩 찌푸린 표정으로 한숨을 푹푹 내쉬고 있는 모습을 보았다. 필히 어떤 곤경에 빠졌음이 분명했다. 만식은 오랜만에 본 동양인이라 반갑기도 하고 혹시 도움을 줄 일이라도 있나 싶어 지나가듯 물었다.

"혹시 한국인이세요?"

하지만 그는 중국인이었다. 여권과 돈지갑을 몽땅 잃어버렸단다. 안다깝지만 달리 도와줄 방법이 없다. 만식도 얼른 바지 뒷주머니에 넣어둔 지갑과 작은 손가방 속의 여권이 잘 있는지 확인해보았다. 자신도 불과 며칠 전 에콰도르에서 여권을 잃어버릴 뻔 하지 않았던가. 여권과 여비를 한꺼번에 모두 잃어버리는 것은 여행객에게는 최악의 상황이다. 그래서 여권은 늘 몸에 지니고 다니고, 돈은 분산해서 보관하는 것이 좋다.

그 중국인은 여권과 돈지갑을 단순히 잃어버린 것이 아니었다. 착륙하기 전 비행기에서 그것들을 확인했다고 하니 십중팔구 공항에서 소매치기 당한 것이 틀림없다. 그는 스페인어는 고사하고 영어조차 한마디도

몰랐다. 만식은 여행안내소 직원에게 상황 설명을 해주면서 경찰과 중국 대사관 쪽에 당장 연락을 취해줄 것을 부탁했다. 중국인에게는 요기라도 할 수 있게 20달러를 손에 쥐어주었다. 빠듯한 경비로 여행 중인 만식이 해줄 수 있는 도움은 그 정도가 전부였다.

만식은 쿠스코 행 비행기 시간을 조금이라도 앞당겨보려고 했다. 새벽 이른 시간에 도착할수록 마추픽추가 있는 아구아스칼리엔테스 행 기차를 싼 가격에 탈 수 있기 때문이다. 대신 그 기차 시간에 맞춰 일찍 운항하는 항공기는 그만큼 요금이 비쌌다. 원래 만식이 끊어온 티켓에 웃돈을 주고 항공 스케줄을 바꾸지 않는 한 출발시간을 앞당기기란 불가능한 일이었다.

만식이 여권을 분실한 중국인을 도와주고 다음날 비행기 출발시각 조정을 시도하는 사이 시간은 어느덧 자정을 넘겨버렸다. 그제야 만식은 아침 한 끼밖에 안 먹고 점심과 저녁을 건너뛴 사실을 깨달았다. 비상시를 대비해 아껴두었던 컵라면 2개 중 하나를 처리하기로 했다. 별모양이 그려진 커피숍에서 커피 한잔을 사면서 뜨거운 물을 얻어 컵라면에 부어 먹었다. 간만에 먹어보는 컵라면 국물이 식도를 타고 내려가자 속이 확 풀리는 느낌이었다. 컵라면 한 그릇이 주는 행복감이 이렇게 클 줄이야!

일단 허기는 달랬으니 이제 누울 공간을 찾을 차례다. 만식은 공항 여

최소한의 비용으로 혼자 외국을 여행하려면 공항과 친해져야 한다. 저렴한 항공들은 다 그만한 이유가 있다. 다른 곳을 경유해 가거나 출발 혹은 도착 시간이 별로 좋지 않은 경우가 많다. 공항에서 오래 대기하거나 아예 밤을 새야 하는 일도 흔하다.

기저귀를 두리번거리며 돌아다녔다. 명당은 이미 다국적 배낭여행객들 차지였다. 그런 자리들은 대개 웃풍이 적은 구석자리였다. 10여분을 헤맨 끝에 만식은 그나마 괜찮아 보이는 모퉁이 구석자리를 잡아 잠을 청했다. 명색이 겨울이라고 차가운 기운이 온몸을 파고들었다. 몸이 새우처럼 웅크려졌다.

수도 없이 몸을 뒤척이기를 몇 시간째. 비몽사몽간에 만식은 많은 꿈을 꾸었다. 20년 전에 돌아가신 아버지가 나타나고, 최근 만났던 사람들의 모습도 보였다. 누군가가 쫓아오기도 했다. 만식은 자꾸 도망치려 했으나 발이 잘 떨어지지 않는다. 그러다가 멀리 잉카의 태양신전이 보이는가 싶더니 어느 순간 자신이 그 곳에 있음을 알았다.

만식은 제물로 바쳐진 양처럼 사지를 결박당한 채 제단(祭壇) 위에 던져져 있었다. 누군가가 얼음으로 꽉 찬 누런 주전자를 들고 만식의 머리를 내리치려 하고 있었다. 젊은 기자 시절, 회식 자리에서 잠깐 고개를 숙이고 있던 만식의 머리를 개봉도 하지 않은 맥주병으로 내려쳤던 바로 그 권력자였다. 그 어깨 너머로는 만식의 친구와 후배가 웃으면서 그것을 부추기고 있었다. 만식은 가위눌린 듯 비명을 지르면서 잠에서 깼다. 온몸이 식은땀에 젖어 있었다.

'아바나 바닷가에서 다 털어버렸다고 생각했는데 이런 악몽을 꾸다

니….'

가위에 눌린 듯 기분이 별로 좋지 않았다.

트라우마라는 악마는 집요하다. 숨어 있다 뒤늦게 나타나는 2차, 3차 트라우마의 충격파가 더 무섭다. 그것이 인간 불평등이나 불공평, 사회 부조리에 기인한 것이라면 해결책도 없다.

여행을 떠나기 직전 만식의 퇴직과 과거 '맥주병 사건'의 전말을 잘 아는 지인이 들려준 이야기가 떠올랐다. 세상 살면서 엮이게 되는 관계와 배신에 관한 이야기였다. 만식의 삶에 '맥주병 사건'의 주인공이 다시 등장했을 때 만식의 친구와 후배는 그와 따로 만났다는 전언이었다. 만나서 자기들끼리 만식에 관한 언급도 했다고 한다. 그런데도 친구와 후배는 그런 사실을 만식에게 일절 말하지 않았다. 만식이 느낀 배신감은 이루 말할 수가 없었다. 그들이 과연 진정한 친구이고 후배인가.

인간관계에서 끼리끼리 모여 어떤 한 사람을 함부로 재단하는 행태는 참 역겹다. 언제 누가 무슨 모의를 했는지는 시간이 지나면 다 들통 나기 마련이다. 자기들끼리 동료의식을 느끼며 웃고 떠드는 사이 한 사람의 인생 전체는 도매금으로 넘어가고 배신감은 가슴을 도려낸다.

다음 날 아침 8시 30분. 쿠스코에 도착한 만식은 공항서 나오자마자 무조건 택시를 잡아타고 기차역으로 달렸다. 비싼 와중에도 그나마 적당한 요금의 마추픽추 행 기차를 타야 했다. 하지만 그 기차는 막 마추픽추를 향해 출발한 상태였다. 가격이 거의 2배나 하는 마지막 차편만 남아있었다. 기차 편에 그렇게 많은 비용을 지출할 수는 없는 일이다. 남은 방법은 단 하나. 일단 최대한 가격을 깎아서 택시를 타고 이미 출발한 기차를 앞질러 오얀타이탐보에 먼저 도착하는 수밖에 없다.

만식은 잠시 고민 끝에 택시기사와 흥정을 해 비교적 괜찮은 가격으로 택시를 탔다. 기사는 기차를 따라잡기 위해 마구 속력을 냈다. 만식은 졸지에 안데스 고원을 달리는 '총알택시'를 탄 꼴이 되었다. 멋진 경치를 감상할 겨를도 없었다. 조마조마 속을 졸이며 앞만 바라보았다. 열심히 달린 덕에 앞서 출발한 기차보다 먼저 오얀타이탐보에 무사히 도착할 수 있었다. 만식은 아슬아슬하게 기차에 올라탔다. 이제 오늘 중으로 마추픽추에 올라갈 일만 남았다.

'휴~! 까딱 잘못했으면 안데스 고원에서 곧바로 황천길로 갈 뻔했네.'

〈마추픽추에서 쿠스코까지〉

마추픽추 · 아구아스칼리엔테스 · 오얀타이탐보 · 우루밤바 · 우루밤바강 · 살리네라스 · 친체로 · 모라이 · 마리스 · 성스러운 계곡 · 잉카트레일 · 쿠스코

만식은 기차에서 서비스로 제공된 물 한잔을 단숨에 들이키며 마음을 진정시켰다. 위험한 질주를 하고도 살아있다는 사실, 그 또한 감사할 일이었다.

마추픽추는 페루를 찾는 외국인이라면 누구나 한번쯤은 찾아가는 세계적인 관광지다. 그래서인지 외국인들은 내국인들에 비해 비싼 대가를 치러야 한다. 예컨대 똑같은 기차라도 몇 량을 고급스럽게 개조해 현지인들의 10배, 20배의 가격을 받는다. 따라서 조금이라도 저렴하게 다녀오려면 일정을 좀 넉넉하게 잡는 것이 좋다. 최소 3일 이상 일정을 잡고 미리 예약을 하고 가는 것이 가장 이상적인 방법이다. 마추픽추, 성스러운 계곡, 쿠스코에서 각각 여유 있게 하루씩을 보내는 것이다. 시간이 더 있다면 '잉카 트레일(잉카의 길, El camino Inca)'을 이용하는 것도 고려해 볼만하다. 이 길은 잉카 시대에 안데스 산맥을 따라 남미 대륙 서부를 관통해 만든 도로이다. 지금의 칠레 산티아고에서 에콰도르까지 총 길이가 22,000km에 달한다. 이 중 오얀타이탐보에서 마추픽추에 이르는 33km를 약 3박4일 동안 직접 땅을 밟으면서 걸어가는 것이다. 물론 만식도 시간만 된다면 잉카 트레일을 따라 걸었을 것이다.

잃어버린 공중도시, 마추픽추

잉카의 수도 쿠스코에서 북서쪽으로 110km, 해발 2,400m에 위치한 공중도시. 세계 7대 불가사의 가운데 하나. 잉카 제국 도시 중 유일하게 원형 그대로 보존된 곳이 바로 마추픽추이다.

아구아스칼리엔테스에는 잉카의 젖줄인 우르밤바 강이 힘차게 흐르고 있다. 마을을 관통하는 기찻길 양쪽으로는 작은 호텔과 식당들이 늘어서 있다. 이곳은 마추픽추를 보러온 전 세계 관광객들로 붐비는 다국적 마을이다.

잉카 제국을 건설한 잉카 족의 기원에 대해서 정확한 것은 알 수 없다. 그러나 16세기에 잉카를 정복한 에스파냐 인이 채집한 설화에 의하면 만코 카팍이라는 전설적 인물이 13세기경 자기 부족을 이끌고 페루 남쪽의 고원 쿠스코에 정주해, 그곳에 태양의 신전을 축조했다고 전해진다. 이 만코는 태양의 아들로서 숭앙되고 잉카 제국 초대 황제라고 불렸으나, 그와 그에 잇따르는 7명의 황제들에 대한 전승은 확실한 역사성이 희박하다. 그러나 13~14세기에 잉카 족이 쿠스코를 중심으로 한정된 소지역을 정치적으로 지배하면서 주변의 다른 부족, 특히 남쪽 티티카카 호 북안의 아이마라 족과 대치했던 것은 거의 확실하다. 잉카 제국이 쿠스코에서 급격히 팽창하기 시작한 것은 15세기 초에 제9대 파차쿠티 황제 시대부터이다. 그 이후의 역사는 연대기적으로 구전(口傳)에 의하여 전해진 자료가 있기 때문에 구체적 사실이 알려져 있다.

만식은 아구아스칼리엔테스에 도착하자마자 제일 먼저 마추픽추가 있는 산 정상을 올려다보았다. 역시 아무것도 보이지 않았다. 그냥 깎아지른 듯 솟아오른 봉우리 너머로 사람이 사는 도시가 있으리라고는 상상조차 할 수 없었다. 과연 '공중도시', '잃어버린 도시'라 불리기에 충분했다. 정복자들의 공격을 피할 수 있었던 것도 그런 이유에서였을 것이다.

만식은 서둘러 산 정상으로 향하는 버스를 탔다. 낮 1시가 넘으면 그날 입장은 더 이상 허용이 되지 않기 때문이다. 기차역 부근 버스 정류장에서 출발한 버스는 뱀처럼 구불구불 급경사로 이어진 산길을 올라간 지 30여 분 만에 드디어 마추픽추 입구에 도착했다.

문을 통과해 100여 미터를 걸었을까. 모퉁이를 돌아서자 돌연 신비로운 광경이 나타났다. 계단식 밭들과 정교한 석재 유적들. 만식이 그동안 동영상이나 사진으로만 보아왔던 마추픽추가 실제로 눈앞에 펼쳐졌다. 유적지 뒤쪽으로는 와이나픽추의 높은 봉우리가 병풍처럼 버티고 있었다.

그 사이 만식에게 동행이 생겼다. 조금 전 버스에서 만났던 페루 현지인 알베르토다. 직업은 전기 기사. 그는 리마에서 쿠스코로 전기 수리를 위해 출장 왔다가 짬을 내서 마추픽추 관광을 하는 중이었다. 그 역시 혼자였기에 자연스럽게 만식과 일행이 되었다. 둘은 서로 사진도 찍어주고

이런저런 대화도 나누었다.

"페루 사람들에게도 쿠스코와 마추픽추를 직접 구경하는 게 쉬운 일이 아닙니다. 나는 마침 쿠스코로 출장을 온 김에 일을 빨리 끝내고 이렇게 멋진 나 홀로 여행을 하는 거예요."

자신을 운 좋은 사람이라고 말하는 알베르토의 얼굴에는 행복감이 엿보였다.

입구를 통과해 왼쪽 계단을 오르자 지붕이 있는 작은 집터가 있었다. 가장 높은 곳에 위치한 당시 망지기의 집이다. 만식은 그곳을 통과해 아래쪽으로 내려가면서 천문관측소, 농경지역, 신전 등 유적지들을 두루 구경했다. 특히 일부 석재 유적지들은 불가사의할 정도로 정밀하게 석재를 다듬어 쌓아놓았다. 이음새마다 약간의 틈조차 찾아볼 수가 없다. 고도의 손재주와 지극정성 없이는 불가능한 일종의 미술작품처럼 보였다.

도시 곳곳으로는 수로가 연결되어 있었다. 콘도르가 날개를 펼친 모양의 제단 같은 곳도 있다. 계단식 밭 사이사이로는 야마(llama)들이 평화롭게 풀을 뜯고 있었다. 야마는 낙타과의 포유류로 원주민들의 의식주를 돕는 만능 가축이다. 북반구 히말라야의 야크나 사막의 낙타 같은 존재다. 돌 틈 사이로 귀를 쫑긋거리고 있는 토끼 모양의 동물들도 보였다.

이곳은 스페인이 정복한 이후 사람들 기억에서 사라져 '잃어버린 도시'가 되었다. 그러다가 1911년 미국인 역사학자인 하이램 빙엄(Hiram Bingham)이 발견해 세상에 알려졌다. 알베르토가 현지 안내인으로부터 들은 이야기를 만식에게 전해주었다.

"왜 이렇게 높은 곳에 도시를 만들었는지, 왜 버려졌는지, 모두 확실하지 않다고 해요. 아마도 하늘을 관찰하고 농경과 관련된 절기를 파악하는 한편 적의 침략을 피하기 위해 만들어졌을 것이란 설이 유력하다고 합니다."

미로 같은 유적지 구석구석을 둘러보는 동안 멀리 산 위로 해가 넘어가고 있었다. 어느덧 반나절이 흘러 막차만 남았다. 만식은 아쉬움을 뒤로 한 채 알베르토와 함께 하산 버스에 몸을 실었다.

'언제 다시 올 기회가 있을까.'

하지만 알 수 없는 일이다. 만식이 20년 전 쯤 남아프리카공화국의 희망봉을 처음 갔을 때도 똑같은 생각을 했었다.

'내 평생에 아프리카 최남단 희망봉에 언제 다시 올 수 있을까.'

그러나 그 후로 만식은 희망봉에 두 번을 더 갔다. 머나먼 지구 저편일지라도 인연이 닿는다면 몇 번이고 더 방문하게 되는 것이다.

꼭 한번 가고 싶어도 가지 못하는 곳이 있는가 하면, 다시는 못 갈 줄 알았는데 또 가게 되는 곳이 있다. 우연한 방문에 뜻밖의 감동을 받는 곳도 있다. 다시 가고 싶지만 한 번 간 그것이 마지막인 곳도 있다. 인연은 사람들 사이에만 있는 것이 아니라 장소와도 있다.

성스러운 계곡서 맞닥뜨린 잉카

무사히 마추픽추 구경을 마친 만식은 이튿날 성스러운 계곡과 쿠스코를 구경하고 리마 행 밤 버스를 타야 했다. 먼저 아구아스칼리엔테스에서 새벽 첫 차를 타고 오얀타이탐보로 향했다. 아구아스칼리엔테스가 마추픽추의 현관이라면 오얀타이탐보는 그곳에서 조금 떨어진 관문쯤 된다.

새벽 5시 30분. 아구아스칼리엔테스를 출발한 기차는 우르밤바 강을 따라 안데스 고원의 협곡을 달렸다. 우르밤바 강은 아구아스칼리엔테스 부근에서 발원해 동쪽으로 아마존 강에 합류한 뒤 멀리 대서양에 이르는 안데스의 젖줄이다. 얼마나 많은 잉카의 역사와 전설들이 이 강을 따라 흐르고 있을까.

페루레일에서 운영하는 기차는 천장에도 유리창을 만들어 관광용으로 개조해 놓았다. 천장의 유리창을 통해 멀리 안데스 설산들이 보였다. 페루레일은 하나의 편성으로 이어진 기차를 칸 별로 개조했다. 그래서 시간대와 칸 별로 각각 다른 운임을 받았다. 제일 비싼 칸은 마추픽추를 처

음 발견한 미국인 교수 하이램 빙엄의 이름을 붙여놓고 깜짝 놀랄만한 운 임을 받았다.

만식은 좌석에 느긋하게 몸을 기댄 채 마추픽추에서 받은 감동의 여운을 다시 한 번 음미했다. 바야흐로 동이 터오고 있었다. 천장 유리창과 창밖으로 안데스 고원과 성스러운 계곡의 멋진 풍경들이 마치 영사기 필름처럼 스쳐 지나갔다. 만식은 앞으로 펼쳐질 새로운 풍광들에 대한 기대감으로 한껏 마음이 부풀어 올랐다.

기차는 아구아스칼리엔테스를 출발한 지 2시간 남짓 만에 오얀타이탐보에 도착했다. 만식은 서둘러 주변 유적지들을 둘러보았다. 오얀타이탐보는 원주민 말인 케추아어(語)로 '여행가방'이라는 뜻이다. 성스러운 계곡의 중심으로 잉카 제국의 역참 또는 요새 터였다. 잉카 제국이 멸망하기 전 스페인 군에 맞섰던 마지막 항전지로 잉카 저항군이 몇 차례 승리를 거둔 곳이기도 하다. 그 피맺힌 역사를 증명이라도 하듯 마을 곳곳에 파괴된 신전과 부서진 석벽의 흔적들이 유적으로 남아 있다.

만식은 미로 같은 석벽 골목길을 따라 걷다가 어느 길모퉁이에서 페루 전통 복장을 입은 인디오 여인을 맞닥뜨렸다. 딸로 보이는 어린 소녀가 옆에 서 있었다. 여인은 만식을 향해 페루 전통 공예품으로 보이는 무언가를 불쑥 내밀었다. 색실로 정성스레 만든 팔찌였다.

나 홀로 여행에서 쇼핑은 금물이다. 조그마한 기념품도 웬만해서는 사지 않는 편이 낫다. 하나둘 사다보면 금세 짐이 늘기 때문이다. 하지만 팔찌 정도는 거의 부피를 차지하지 않는다. 팔목에 직접 차고 다녀도 될 일이었다. 하물며 한 올 한 올 정성이 밴 매듭을 보고 어찌 외면할 수 있으랴. 만식은 팔찌 두 개를 샀다. 습관처럼 해왔던 흥정도 하지 않고 부르는 대로 값을 다 치렀다.

어두운 골목길 모녀의 얼굴에 환한 미소가 피어올랐다.

안데스에서 엿본 천국

오얀타이탐보 근처 유적지 구경을 마친 만식은 작은 여행사에 들렀다. 쿠스코까지 이어지는 성스러운 계곡을 탐방할 차편을 알아보기 위해서였다. 10여명 정도의 단체로 가는 콜렉티보(봉고차처럼 생긴 대중 승합차)를 이용할 경우 가격이 저렴하지만 시간대가 맞지 않았다. 일정상 저녁까지는 쿠스코에 도착해 리마 행 장거리 버스를 타야 했다.

혼자 택시를 이용하는 방법 밖에 달리 방도가 없었다. 이리저리 알아보니 마침 그쪽 방향으로 가는 승용차가 있었다. 비교적 마음에 드는 가격에 흥정이 이루어졌다. 쿠바 트리니다드에서 아바나로 갈 때에도 비슷한 일이 있었다. 차는 낡았지만 혼자 전세를 내서 타고 다니게 되었으니 오히려 잘된 일이었다.

오얀타이탐보를 출발한 택시는 20여분쯤 달리다 갑자기 한쪽 길가에 멈춰 섰다. 절벽 바로 아래였다. 페루 원주민 기사가 차에서 내리더니 손가락으로 절벽 위를 가리켰다. 만식이 따라 내려 그쪽을 쳐다보니 절벽

위에 캡슐 모양의 물체 3개가 걸려 있다. '절벽호텔'이라고 했다. 하루 숙박비는 100달러 정도. 높이가 족히 150미터는 되어 보였다.

'저기까지 올라가기도 힘들 텐데 거기서 잠까지 잔다면 얼마나 아찔할까.' 세상엔 참 각양각색의 사람들이 다 있구나. 무슨 제비집도 아니고.

계곡을 따라 이어지는 풍경은 감동이라는 말로는 부족할 정도로 장관이었다. 차가 산허리 쪽으로 방향을 틀어 올라가니 눈앞에 바로 안데스 고원이 나타났다. 멀리 설산들이 보이고 끝도 없는 밀밭이 펼쳐졌다. 군데군데 흩어진 집들과 밭일을 하는 원주민들이 보였다. 자기 몸뚱이의 서너 배는 족히 되어 보이는 건초더미를 짊어진 당나귀들도 지나갔다.

황금빛 밀밭 위 푸른 하늘에 새하얀 뭉게구름이 떠있었다. 마치 솜사탕으로 만든 꼬마열차가 하늘 위를 두둥실 떠다니고 있는 것 같았다. 그 순간 독수리 한 마리가 멋진 날개를 펼치고 유유히 날고 있는 모습이 보였다.

"엘 콘도르 파사!"

만식은 그렇게 내뱉으며 '자유'라는 단어를 떠올렸다. 잉카의 심장, 성스러운 계곡에서 만식이 목격한 것은 꿈에서나 볼 것 같은 멋진 풍광과 자유로움이었다. 잠깐이나마
천국을 엿본 기분이었다. 만식
은 무한한 행복감을 느꼈다.
하지만 그것도 잠시, 마음 깊
은 곳에 숨어있던 미래에 대한 걱정이 고개를 내밀기 시작했다. 겉으로
자유를 만끽하는 것처럼 보여도 속으로는 현실의 벽을 넘어서지 못한 것
이다.

어쨌거나 페루의 민요에 가사를 붙여 사이먼&가펑클이 불렀다는 〈엘
콘도르 파사(철새는 날아가고)〉의 선율은 독수리처럼 하늘 높이 떠간다.

달팽이가 되기보다는 참새가 되어야지. 그래, 그럴 수만 있다면 그게
좋겠지. 못이 되기보다는 망치가 되어야지. 그래, 그럴 수만 있다면 그게
좋겠지. 멀리 멀리 떠나고 싶어라. 날아가 버린 백조처럼. 인간은 땅에 얽
매여 가장 슬픈 소리를 내고 있다네. 가장 슬픈 소리를. 길보다는 숲이 되
어야지. 그래, 그럴 수만 있다면 그게 좋겠지. 지구를 내 발밑에 두어야
지. 그래, 그럴 수만 있다면 그게 좋겠지.

새는 자유롭지만 그 또한 하늘에 갇혀 있는 것과 다름없다.
자유는 아무 것에도, 아무 데도, 누구에게도 없는가.
외롭지 않고 자유로울 수는 없는가.

빛과 소금의 길

안데스 고원의 멋진 풍경들을 보면서 잉카 제국의 흥망성쇠를 상상하는 동안 차는 마라스(Maras) 마을을 지나 모라이(Moray) 농경유적지에 도착했다. 위에서 내려다보면 동심원 모양으로 계단식 밭이 형성되어 있는데 마치 원형 극장이나 우주선 착륙장을 연상케 했다. 옛 잉카 원주민들이 여기서 계단식 농업과 고도(高度)에 따라 달라지는 작물에 대한 연구를 했다고 한다.

20여분을 더 달리니 이번에는 갑자기 길 아래쪽에 눈이 부시도록 하얀 계단식 염전이 나타났다. 말로만 듣던 살리네라스(Saleneras) 소금밭이었다. 오래전 이곳은 바다였다고 한다. 나중에 육지가 되면서 수분이 증발하자 염분들은 암염(巖鹽)으로 변했다. 그곳에 안데스 설산의 물이 흘러내린 것을 계단 형태의 염전에 가둔 다음 햇빛으로 증발시켜 소금을 만든다. 만식이 직접 소금밭에 내려가 물을 만져보니 따뜻한 기운이 느껴졌다.

안데스 산맥의 잉카인들에게 소금은 '태양의 선물'임에 틀림없었다.

너희는 세상의 소금이니 소금이 만일 그 맛을 잃으면 무엇으로 짜게 하리요 후에는 아무 쓸데없어 다만 밖에 버려져 사람에게 밟힐 뿐이라 너희는 세상의 빛이라 산 위에 있는 동네가 숨기우지 못할 것이요 사람이 등불을 켜서 말 아래 두지 아니하고 등경 위에 두나니 이러므로 집 안 모든 사람에게 비취느니라 이같이 너희 빛을 사람 앞에 비취게 하여 저희로 너희 착한 행실을 보고 하늘에 계신 너희 아버지께 영광을 돌리게 하라
–마태복음 5:13-16

차는 계속해서 쿠스코를 향해 달려 이윽고 친체로(Chinchero) 마을에 도착했다. 다른 잉카 유적지와 마찬가지로 마을은 조용하고 평화로워 보였다. 기념품을 파는 사람들, 들에서 밭일을 하는 사람들만이 간간이 눈에 띄었다.

언덕 위로는 마을의 중앙광장이 있고 그 너머로는 하얀 회벽의 소박한 교회가 보였다. 쿠스코의 다른 교회들처럼 잉카 신전을 허문 기초 석벽 위에 가톨릭교회를 세운 형태였다. 교회 내부에는 원주민들이 어떤 방식으로 서구 가톨릭을 받아들였는지를 짐작케 하는 흔적들이 군데군데 남아 있었다.

지진이 많은 남미에서 예수는 '지진의 신'으로 통한다. 이를 말해주듯 교회 안 예수는 검은 피부였고, 그 옆에는 일을 하는 성모마리아의 그림

이 걸려 있었다. 유럽의 가톨릭교회를 많이 가 보았던 만식에게는 이런 남미형 가톨릭의 독특한 이미지들이 신기할 따름이었다.

교회 앞마당에는 다층계단 위에 십자가가 세워져 있는데, 십자가 중앙에는 잉카의 상징인 태양이 새겨져 있다. 역시 잉카의 흔적이다. 다층계단은 잉카인들이 '대지의 어머니 신'으로 섬긴 '파차 마마(Pacha Mama)'의 상징이다.

만식이 다음으로 가야 할 길은 잉카의 성스러운 수도 쿠스코였다.

황금도시 쿠스코

쿠스코는 잉카의 성스러운 수도로 이른바 황금도시였다. 신대륙 발견 후 식민지배 당시 스페인 정복자들이 어마어마한 금을 유럽으로 실어 보냈는데, 이 도시에서 가져간 것이 제일 많았다고 한다.

만식은 쿠스코 시내 구석구석을 천천히 걸어 다녔다. 대성당 앞 아르마스 광장에는 잉카 제국의 제단을 재현한 계단 모양의 조형물과 잉카 왕의 동상이 서 있었다. 그 주변으로는 산 프란체스코 성당과 산토도밍고 성당이 있다. 산 프란체스코 성당의 안내인은 이곳 건축물들에 대해 설명을 했다.

"스페인의 지배를 받는 동안 잉카의 흔적들은 철저히 파괴되었습니다. 그 잉카 신전이나 건축물 위로 스페인 식 성당과 건물들을 세웠는데 지진이 났을 때 잉카 신전의 기초는 그대로 건재한 반면 새로 지은 스페인 식 건물들은 다 무너졌다고 합니다. 잉카의 놀라운 석재 기술을 다시 한 번 확인할 수 있는 대목이지요."

만식은 이미 부근의
로레토 골목길 돌벽이
나 '12각의 돌' 같은 것
들을 보면서 잉카 석재
기술의 우수함을 새삼
확인할 수 있었다. 어떻
게 저렇게 돌을 일일이 깎아서 빈틈 하나 없이 맞춰 쌓았는지.

성당 밖으로 나오니 잉카 왕의 동상이 있는 제단 모양의 조형물에 많
은 관광객들이 몰려 있었다. 마치 황금의 제국이었음을 자랑이라도 하려
는 듯 왕의 동상은 황금색으로 빛났다. 신혼부부와 관광객들이 조형물의
계단 위에 앉아 동상을 배경으로 사진을 찍고 있었다. 신부의 얼굴 역시
황금빛으로 눈부셨다.

만식도 여기서 한 동양인에게 한 컷 찍어주기를 부탁했는데 알고 보
니 같은 나라 출신이었다. 꽁지머리를 묶고 수염을 기른 그는 언뜻 나이
도 국적도 짐작하기 힘들었다. 나이는 29세. 겉보기와는 달리 아직 새파
란 젊은이였다. 여행 직전까지 공군에서 7년을 복무했다고 한다. 공군에
서 제대한 후 퇴직금으로 1년 째 배낭 한 개만 들고 세계 일주를 하고 있
단다. 장기간 배낭 여행자이었기에 머리와 수염을 깎을 여유가 없었던 모
양이다.

"그 나이에 배낭여행 세계 일주라는 과감한 모험과 도전을 택한 젊은 이가 부럽소."

만식이 청년에게 말을 건넸다. 하지만 청년은 대답은 예상 밖이었다.

"이제는 여행도 지겨워요. 며칠 후면 일상으로 돌아갈 테고 우선 먹고 살 일부터 찾아야 하는데 걱정이에요."

어디서나 젊은이들의 일자리 구하기가 심각한 문제였다.

"그래도 해보고 싶은 일(세계 일주)을 해봤으니 더 이상 원은 없어요. 이제부터 열심히 일하고 여유가 생기면 또 안 가본 곳을 가볼 거예요."

청년은 여전히 걱정스런 눈빛이었지만 만식은 그조차 부러울 따름이 었다.

젊었을 때는 무엇을 해도 소중하다. 공부를 하면 쏙쏙 기억되고 운동을 하면 단단하게 굳어진다. 시간을 죽이고 헤매는 것조차 장차 큰 인물이 되기 위한 밑알을 심는 일이 될 수 있다. 고민만 하지 말고 일단 하고 싶은 일은 다 해보자. 다만 너무 큰 일탈은 경계해야 할 것이다. 궤도를 너무 크게 벗어나면 되돌아오기 힘드니까.

그대 사라지지 말아라

만식은 쿠스코를 돌아다니는 도중에 우연히 운구행렬과 맞닥뜨렸다. 앞에서는 열 몇 명의 청년들이 땀을 뻘뻘 흘리며 무거운 상여를 옮기고 있었다. 그 뒤로 한 무리의 브라스밴드가 너무도 태평하게 뒤를 따르고 있었다. 세상에, 고생하는 놈 따로 있고 노는 놈 따로 있다더니. 피식 웃음이 나왔다. 한편으로, 예기치 않게 조우한 운구행렬이 만식의 눈에는 그냥 볼거리로만 여길 수 없는 구석도 있었다.

쿠스코에서는 뜻밖의 행운도 있었다. 점심을 먹을 만 한 집을 찾던 중 쿠스코 유일의 한국음식점이라는 '사랑채'를 발견한 것이다. 만식은 '사랑채'에서 오랜만에 김치찌개를 맛있게 먹었다. 그리고 저녁이 되어 식당에 맡겨둔 가방을 찾으러 갔더니 페루 사람들에게 수제비 조리법을 알리는 행사가 열리고 있는 게 아닌가. 운이 좋게도 수제비 시식 기회까지 얻어 기분 좋게 한 그릇을 뚝딱 비웠다. 그리고는 비로소 느긋하게 벽에 등을 기대려는 순간, 벽에 걸린 액자의 글씨가 만식의 눈에 박히듯 들어왔다.

爲 사랑채 길동수 박은미 님.

안데스 고원 위에

마음이 사무치면

께로티카가 피어나네!

- 03.05.2010. 박노해 詩人

나중에 안 일이지만 박노해 시인은 한동안 세계 각지를 돌아다니며 사진을 찍고 시를 지어 몇 번의 사진전을 열었다고 한다. 그 중 안데스 고원지대를 돌며 찍은 사진으로 서울 부암동의 한 갤러리에서 연 사진전의 이름이 바로 '께로티카'였다. 그 사진들을 찍기 위해 쿠스코에 들렀다가 이글을 써준 모양이었다.

귀국 후 찾아본 그의 안데스 사진도 새삼스러웠지만 그 사진전에 붙인그의 시는, 비록 시인만큼은 아니지만 한동안 안데스 일대를 떠돌다 온만식에게는 또 다른 감흥으로 다가왔다. 당시 시인은 안데스 고원 께로마을을 찾아가는 길에 칠흑 같은 어둠속에서 길을 잃었는데, 어떻게 알았는지 께로족 청년 하나가 등불을 들고 마중 나왔단다.

'께로티카'는 안데스 산맥 해발 4,500m 부근부터 나타나는 붉은 꽃의 이름이라고 한다. 잉카의 마지막 후예인 께로 족이 500여 년 전에 스페인 침략군에 저항하다 안데스 산맥의 가장 높은 지대에 마을을 짓고 살기 시작하면서 그곳을 '께로 마을'이라 부르며, 이들의 존재가 알려진 지는 얼마 되지 않는다고 한다.

안데스 산맥의 만년설산
가장 높고 깊은 곳에 사는
께로족 마을을 찾아가는 길에

희박한 공기는 열 걸음만 걸어도 숨이 차고
발길에 떨어지는 돌들이 아찔한 벼랑을 구르며
태초의 정적을 깨트리는 칠흑 같은 밤의 고원
…

지금 세계가 칠흑처럼 어둡고
길 잃은 희망들이 숨이 죽어가도
단지 언뜻 비추는 불빛 하나만 살아 있다면
우리는 아직 끝나지 않을 것이다
…

삶은 기적이다
인간은 신비이다
희망은 불멸이다

그대, 희미한 불빛만 살아 있다면

그러니 그대 사라지지 말아라

만식은 생각했다. 마추픽추 여행만으로 마냥 행복하던 전기 기사 알베르토의 얼굴, 안데스 고원 가는 길에 만났던 원주민들의 소박하지만 환한 웃음, 길모퉁이에서 인디오 모녀가 여행객에게 수줍게 내밀던 매듭 팔찌와 성스러운 계곡의 빛과 소금, 마추픽추 입구에서 꽃을 팔던 노파의 손에 들려 있던 그 빨간 꽃, 그리고 쿠스코의 운구행렬까지. 그 모든 것이 다 '께로티카'는 아니었을까. 만식은 기원했다.

그러니 그대 사라지지 말아라.

쿠스코에서 리마로, 21시간 장거리 버스

만식은 마추픽추에 이어 쿠스코 탐방까지 마친 후 리마 행 장거리 버스에 몸을 실었다. 버스를 타기 전부터 갑자기 속이 메스껍고 머리가 아프고 소화가 잘 안되더니 버스가 출발하면서부터는 좀 더 심해지는 듯했다. 이미 몇 차례 경험했던 고산병 증상이었다. 쿠스코는 해발 3,400m, 마추픽추는 이보다 낮지만 그래도 해발 2,400m이다. 이 높은 고지대에서 이틀을 분주하게 뛰어다녔으니 몸이 성할 리 만무했다.

게다가 버스 타기 직전 과식을 했던 것이 결정적이었다. 호사다마(好事多魔)일까, 뜻밖의 행운에는 그에 상응하는 대가가 따르는 모양이다. '사랑채'에서 오랜만에 맛본 김치찌개의 황홀한 맛, 생각지도 않았던 수제비의 호사까지 한껏 누렸으니. 그때 한꺼번에 배불리 먹었던 게 고산병 증세로 이어진 것이다. 다행히 버스에서 한 숨 자고 났더니 증상은 많이 사라졌다.

21시간 걸리는 장거리 버스 여행이라 출발할 때부터 잔뜩 긴장했지만

그런대로 버틸만했다. 남미에는 장거리 버스 시스템이 잘 갖춰져 있다. 운전기사 2~3명과 안내원이 타고 교대로 운전하며 거의 논스톱으로 달린다. 연료를 넣기 위해 잠시 정차할 때 외에는 버스에서 내릴 일이 없다. 버스에서는 샌드위치와 주스, 커피 등 간단한 간식도 제공한다. 등급이 높은 버스에서는 와인도 준다.

버스가 거의 17~18시간 달렸을 무렵, 멀리 사막이 보이기 시작했다. 리마에서 차로 4~5시간 떨어진 이까라는 곳이었다. 여기에서 일부 승객들이 내렸다. 이까는 사막 자동차와 샌드보딩을 즐길 수 있는 오아시스 지역이다. 만식은 2년 전 중국 실크로드를 여행할 때 사막을 실컷 경험했던 터라 굳이 이곳에 들를 필요는 없다는 생각으로 아쉬움을 달랬다.

장장 21시간에 걸친 버스 여행이 거의 끝나갈 무렵 한꺼번에 피로가 몰려들었다. 페루 수도 리마에 도착하기 직전이었다. 그러나 멋진 풍광과 무한한 자유를 만끽할 수 있다는 행복감에 그쯤은 참을 수 있었다.

곰곰이 생각해보니 그동안 하루에 걷는 거리가 평균 10km는 족히 넘었다. 비싼 택시나 전세 차량을 탈 수가 없으니 당연히 대중교통을 이용해야 한다. 처음 가는 나라에서 혼자 대중교통을 찾아다니는 것도 만만한 일이 아니다. 그래서 어지간한 거리는 그냥 걸어 다니게 마련이다. 그렇게 도시 하나를 헤집고 다니다 보면 하루 10~20km 걷는 것은 다반사였다.

때로는 고난의 행군이나 다름없었다. 그렇게 걷다보면 문득 '내가 왜 이렇게 힘들게 걷고 있지?' 이런 의문이 들기도 한다. 그러나 눈앞에 펼쳐진 이국의 풍경들에 매료되는 순간 그런 의문이 말끔히 사라진다. 이렇게 다니려면 무엇보다 체력이 뒷받침 되어야 한다. 만식은 자신에게 아직도 그런 체력이 남아 있다는 사실이 뿌듯했다. 혼자 여행을 하면서 큰 탈 없이 잘 먹고, 잘 자고 잘 지낼 수 있도록 건강한 신체를 주신 부모님께 다시 한 번 감사한 마음이 들었다.

여행을 하면서 길에서 만나는 사람들도 마찬가지다. 젊은이들도 만나지만 주요 관광지에서는 나이 먹은 사람들을 더 많이 만난다. 가족 단위나 패키지 여행객들 중에는 은퇴자들이거나 그 비슷한 또래인 경우가 많다. 이들은 항상 차를 타고 이동하고, 기본적으로 인솔자가 먹는 것, 입는 것, 자는 것을 챙겨주어야 한다. 연로한 여행객들은 열정은 있으되 체력이 따라주지 않는 모습이 역력하다. 그건 어느 나라나 비슷한 것 같다. 만식 역시 지천명(知天命)을 넘겼으니 적지 않은 나이다. 그럼에도 불구하고 홀로 여행을 할 수 있어서 천만다행이라고 여겼다.

여행도 젊어서 해야 한다. 일도 젊어서 해야 한다.
두 가지 모두 가급적 한 살이라도 더 젊을 때 해야 한다.
그럼 방법은? 두 가지를 적절히 병행하는 수밖에.

한편으로 만식은 이렇게 걸을 수 있는 힘의 원천이 단순히 체력이 아니라 다른 데 있는 게 아닌가 하는 생각도 들었다. 세상 일이 뜻대로 되지 않는 억울함(원래 자기 뜻대로 되지 않는 것이 세상일이지만)과 무력감에서 분출되는 분노의 힘이 자신을 무작정 걷게 만드는 것 같기도 했다. 그렇게 걷고, 걷고 또 걷다보니 몸은 피곤하지만 마음은 오히려 편안해졌다. 수도승의 경지까지는 아닐지라도 일종의 순례자가 된 느낌이랄까.

먼 길을 무작정 걷는 것은 답답한 가슴을 어찌할 도리가 없기 때문이다. 체력이 아니라 끓어오르는 분노의 힘 때문이다. 걸으면서 화를 삭이고 냉정을 찾고 용서하게 된다. 분노의 대상이 자기 자신이든 타인이든. 걷다가 지쳐서 모든 것을 내려놓을 때쯤 비로소 다른 길이 보인다.

만식은 긴 여정이 끝나갈 무렵, 한국에서 떠나올 때 스마트폰에 저장해두었던 시 한 편을 찾아 읽었다. 장거리 여행에서 무엇보다 마음이 고단해질 때쯤 시나 음악은 큰 위안이 된다. 아무리 여행길이 새롭고 감동스러워도 떠나온 뒤에는 떠나온 곳에 대한 그리움이 생긴다. 길에 서면 집이 그리워진다. 그런 여수(旅愁) 때문에 또 떠나는 것인지는 모르지만.

만식은 김사인 시인의 시 한 편을 읽으면서 쿠스코인가, 어느 골목길에서 보았던 길 위의 잠을 떠올렸다. 그만큼 만식의 고단함이 깊었던 탓인지도 모른다.

헌 신문지 같은 옷가지들 벗기고
눅눅한 요 위에 너를 날것으로 뉘고
내려다본다
생기 잃고 옹이진 손과 발이며
가는 팔다리 갈비뼈 자리들이
지쳐보이는구나
미안하다
너를 부려 먹이를 얻고
여자를 안아 집을 이루었으나
남은 것은 진땀과 악몽의 길뿐이다
또다시 낯선 땅 후미진 구석에
순한 너를 뉘었으니
어찌하랴
좋던 날도 아주 없지는 않았다만
네 노고의 헐한 삯마저 치를 길 아득하다
차라리 이대로 너를 재워둔 채
가만히 떠날까도 싶어 네게 묻는다
어떤가 몸이여
-김사인 〈노숙〉 전문

페루에서 남미의 유럽으로

정복자 프란시스코 피사로가 세운 도시 리마. 만식에게 리마의 첫 인상은 도시가 활기에 넘친다는 것이었다. 소문에는 리마는 안개가 많은 도시, 강도와 절도가 많은 도시라고 했다. 더욱이 만식은 3일 전 리마 공항에서 여권과 돈지갑을 털린 중국인을 보았던 탓에 미리 염려를 했었다. 하지만 막상 도시에 들어서자 걱정만큼 위험해 보이지는 않았다.

만식은 버스를 타고 센트로 지역으로 향했다. 여기서도 아르마스 광장을 중심으로 부근에 대성당, 산토도밍고 성당, 산 프란체스코 교회가 있었다. 남미 어디를 가나 이 네 군데는 기본 세트처럼 존재하고 있었다. 그나마 특이한 건 대통령궁에서 벌어진 근위대 교대식 정도였다. 옛 근위대 복장을 한 군악대가 대통령궁 안을 행진하면서 교대식을 재현하고 있었지만 그마저 굳게 닫힌 철창문 틈을 통해 볼 수 있을 뿐이었다. 궁 바깥쪽은 붉은 베레모를 쓴 특전대 경호 병력이 제법 삼엄한 풍경을 연출하고 있었다.

만식은 성당들을 차례로 돌면서 검은 피부의 예수나 사제, 커다란 치마의 마리아 그림 같은 것들을 다시 한 번 찬찬히 훑어보았다. 유럽이나 다른 대륙에서는 볼 수 없는 것들로 그 특별한 모습이 여전히 흥미로웠다. 미지의 대륙에 가톨릭이 정착하면서 잉카 문화와 융합한 결과가 아닌가 싶었다. 잉카나 마야의 후예와 같은 이 땅의 원주민들이 가톨릭을 받아들이되 일부는 자기 식대로 해석한 결과였다.

사실 남미대륙에 가톨릭이 전파되기까지는 잔인하고 비극적인 살상의 역사가 있었다. 스페인 정복자들은 저항하는 원주민들을 무자비하게 죽이거나 노예로 부렸다. 태양신을 믿던 그들에게 신전을 부수고 성당을 세우도록 해 강제로 가톨릭을 주입시켰다. 그 과정에서도 수많은 원주민들이 목숨을 잃었다. 그래서인지 이곳 라틴 성당들에 걸려있는 예수 상과 마리아 상, 성화들에는 선혈이 낭자하고 처연한 느낌이 담겨있다. 키토에서 그랬듯이 그런 그림이나 조각상들을 보고 있으면 온몸에 전율이 일거나 심지어 약간의 공포감마저 느껴진다.

센트로 탐방을 마친 만식은 다시 호텔이 있는 미라플로레스 지역으로 돌아왔다. 이곳은 한 마디로 '리마의 강남'이라고 할 수 있다. 빌딩과 상점들이 즐비하고 호텔들이 모여 있으며, 많은 관광객들이 오가고 있어 마치 유럽에 와있는 듯한 착각을 불러일으킨다. 만식은 다양한 인종의 관광객들과 거리 풍경들을 구경하며 천천히 걸어 다녔다. 해질 무렵에는 태평양 해안가를 따라 조성해 놓은 산책로와 공원들을 따라 걸었다. 저녁은 그 부근의 쇼핑몰에서 해결했다.

저녁 메뉴는 한국 사람들의 입맛에도 잘 맞는 세비체(ceviche)로 정했다. 페루의 대표음식 가운데 하나인데, 다른 라틴 국가들에서도 흔히 먹는다. 일종의 회 무침으로 생선회나 새우, 조개, 오징어 같은 해산물을 레몬즙에 절였다가 양파, 토마토, 고추 등으로 만든 소스를 뿌려 새콤하고 짭짤한 맛을 낸다. 한국식 회 무침에 초고추장만 빠진 형태라고 할까. 페루 사람들은 여기에 향이 독특한 고수(중국인들이 잘 먹는 샹차이)를 넣어 함께 먹기도 한다. 세비체 한 접시와 볶음밥, 시원한 맥주를 시켜놓고 간만에 식사다운 식사를 했다. 안데스 지역의 음식들은 고추, 마늘 같은 재료들을 많이 사용해 만식의 입맛에 꽤 잘 맞았다.

요지경 항공요금의 세계

페루까지 일정을 마친 만식은 드디어 남아메리카 태평양 쪽에서 대륙을 횡단해 대서양 쪽으로 넘어갔다. 물론 나중에 다시 태평양 쪽 칠레로 되돌아와야 한다. 이렇게 남미대륙을 왔다 갔다 하는 것은 항공요금을 절약하기 위함이다. 물론 김민주 교수가 추천한 방법이다. 발상의 전환 없이는 짜기 힘든 경로이기도 했다.

일단 최초 출발지에서 남미대륙의 어느 도시로 들어가서 어느 도시에서 나온다는, 큰 경로는 정했다고 치자. 그 다음 남미 내에서 여러 국가로 이동하는 수단은 권역별로 저가 지역항공들을 이용하는 것이 좋다. 습관적으로 혹은 단순하게 순서에 따라, 북에서 남으로 혹은 동에서 서로, 이런 식으로 경로를 정하면 비싼 항공요금을 치를 수밖에 없다. 때로는 대륙을 횡단하고, 때로는 먼 곳을 돌아 왔다 갔다 하는 과감한 방법을 쓰면 항공요금을 절반 이하로 아낄 수 있다. 이런 것이 바로 요지경 항공요금의 세계다. 나 홀로 여행객들은 반드시 알아두어야 할 사항이다.

만식도 페루를 방문한 뒤 바로 옆 나라인 칠레부터 가려고 했다가 김민주 교수의 조언에 따라 아르헨티나부터 먼저 들르는 일정으로 바꾸었다. 그 결과 적어도 수백 달러 이상의 항공요금을 절약할 수 있었다. 도중에 장거리 버스를 이용하면 역시 교통비와 숙박비 절감의 이득을 볼 수 있다. 덤으로 안데스 고원과 드넓은 팜파스(아르헨티나의 넓은 초지)를 지루하도록 감상하는 행운도 얻을 수 있다.

아르헨티나

이구아수, 부에노스아이레스

보고 듣는 것이 수시로 병이 됨에랴.

PARAGUAY

BRAZIL

CHILE

부에노스
아이레스
URUGUAY

ARGENTINA

지구 반대편 라플라타 강 하구

만식을 태우고 리마 공항을 출발한 비행기는 안데스의 설봉들을 넘어 팜파스가 펼쳐진 아르헨티나 부에노스아이레스로 향했다. 만식은 비행기의 창가 자리를 선호한다. 특히 지금과 같이 처음 가는 대륙을 횡단할 경우는 더욱 그러하다. 창밖으로 안데스 설산도 볼 수 있고, 넓은 호수도 내려다보인다. 맑고 쾌청한 날에는 발아래 이름 모를 행성과도 같은 기기묘묘한 광경들이 펼쳐진다. 이런 것들은 비행기 여행이 덤으로 주는 최고의 선물이다.

만식이 창가 좌석에서 본 광경 중 가장 명장면은 한국과 유럽을 오가는 항공기가 바이칼 호수를 가로질러 날아갈 때 볼 수 있는 그 장엄한 광경이다. 또 북미대륙을 처음 방문했을 때 애리조나와 유타의 색다른 자연경관들을 하늘에서 보며 감탄을 연발할 적도 있다. 남미대륙을 횡단하면서도 그런 즐거움을 맛보았다.

부에노스아이레스에 거의 도착할 무렵 창밖으로 대서양과 맞닿는 강의 하구가 눈에 들어왔다. 바로 라플라타 강 하구다. 이곳은 만식이 사는 한반도와 지리적으로 정 반대 지역이다. 남미대륙의 왼쪽 아래 부분을 째고 들어온 듯한 형태의 강이었다. 만식은 라플라타 강이 대서양과 만나는 곳을 내려다보면서 만감이 교차했다. 지구 정반대 편에 와 있다는 사실이 새삼 새롭게 느껴졌다. 내륙과 연결된 강의 형태를 보면서 머릿속에 갑자기 생명을 잉태하는 모성이 떠올랐다. 정복자의 땅, 피로 얼룩진 남미대륙에 새로운 혼을 불어넣는 강인하고 따뜻한 성모마리아의 모성애가.

남미대륙을 하늘에서 보면 태아를 품은 여인의 모습이다.
라플라타 강은 생명의 입구, 아마존 강은 심장의 대동맥, 지구 반대편 정복자의 땅에서 성모마리아의 모성이 떠오르는 것은 왜일까.
문명화, 개종(改宗)을 명분으로 이루어진 살육과 파괴, 악마적 행동들은 과연 용서가 될 수 있을까.

만식은 착륙 직전 잠깐 아르헨티나의 개요를 적은 자료를 살펴보았다. 아르헨티나는 남미 대륙에서 두 번째로 큰 나라다. 면적은 278만㎢로, 한반도보다 12~13배가 더 크다. 시차는 당연히 정확히 12시간 차이가 난

라플라타 강 일반적으로 우루과이 강과 파라나 강의 합류점을 기점으로 그 하류를 라플라타 강이라고 하는데, 이 강은 두 가지 의미로 해석된다. 하나는 파라나 강과 우루과이 강이 합류하는 대하천의 하류 구간이며, 다른 하나는 파라나 강 삼각주에 이어진 거대한 하구를 의미한다. 대하천의 하류로 해석할 경우, 라플라타 강은 아마존 강, 오리노코 강과 함께 남아메리카의 3대 하천에 속한다. 유역 면적은 414.4만㎢이고, 유역 분지는 우루과이, 아르헨티나, 브라질, 볼리비아, 파라과이에 걸쳐 있다.

다. 신대륙 발견 이후 스페인의 식민 지배를 받아오다가 1810년 5월 10일 이른바 '5월혁명'을 계기로 독립을 선언한 이후 투쟁을 거쳐 독립을 이룩했다. 그 후 라틴아메리카 다른 나라들과 마찬가지로 정쟁과 내란, 혁명을 거듭 겪었고, 1864년에는 파라과이와의 전쟁으로 경제적 위기에 몰리기도 했다. 19세기 말부터는 유럽계 자본과 함께 유럽인들의 대량 이민이 몰려들면서 이탈리아를 비롯한 유럽 백인들이 인구의 대다수를 차지하게 되었다. 남미에서 유럽계 백인이 제일 많은 나라가 바로 아르헨티나다.

불안한 정정 끝에 1946년 후안 도밍고 페론 대통령이 취임해 외국자본 기업을 국유화하는 등 국가사회주의 정책을 펴기도 했다. 그의 부인 에바 페론, 즉 '에비타'는 지금까지도 국민의 사랑을 받고 있다. 세계적인

에바 페론 시골 가난한 농부의, 그것도 사생아라는 사회적으로 멸시받는 출생의 에바 마리아 두아르떼. 그녀는 나이트클럽의 댄서로 시작, 라디오 성우를 거치며 세상의 천대를 되갚아줄 수 있는 출세를 위한 야망을 키워나간다. 배우라는 꿈으로의 첫걸음을 내딛을 즈음인 1944년, 지진으로 인한 난민구제모금기관에서 에바는 노동부장관인 후안 페론을 만나게 된다. 이 우연한 만남은 사랑으로 이어지고, 그녀의 운명을 단숨에 바꿔버린다. 두 사람의 결혼이 임박해올 무렵, 페론의 정치적 역량이 확장되는 것에 위협을 느낀 군부권력은 그를 체포하게 되고, 페론의 석방운동은 1945년 민중혁명으로 이어져, 마침내 후안 페론이 대통령에 추대되기에 이른다. 이로써 에바는 천한 농부의 사생아에서 고귀한 아르헨티나의 퍼스트레이디로 등극한다. 스스로의 의지나 노력과는 상관없이 소외당하고 멸시받았던 약자였음을 잊을 수 없었던 에바는 권좌에 있으면서 가난한 자들의 편에 서서 기금을 모으고, 노동자들을 위해 헌신적으로 일하며 불평등을 척결하기 위한 노력을 기울인다. 이에 감화된 수많은 국민들은 에바를 부통령 후보로 추대한다. 그러나 부통령 후보를 사임한 직후 그녀는 청천벽력과도 같은 암 말기 진단 선고를 받는다. 1952년 33세의 젊은 나이로 세상을 떠난 퍼스트레이디 에바 페론의 장례식은 아르헨티나 국민들의 비탄어린 통곡 속에 장엄하게 치러지고, 죽음으로도 결코 잊히지 않는 '에비타'의 신화는 많은 사람들의 가슴 속에 영원히 자리 잡는다.

팝송 〈Don't cry for me Argentina〉가 그 사실을 대변한다. 그러나 에비타가 사망하고 나서부터 다시 경제적 정치적 어려움에 빠진다. 최근 들어서도 막대한 국가부채로 어려움을 겪고 있다는 보도가 연이어 나오고 있다.

북쪽으로 브라질과 파라과이 국경에는 유명한 이구아수 폭포가 있다. 남미 대륙에서 가장 높은 아콩카구아 산도 있다. 넓은 중앙부에는 팜파스라고 불리는 끝없이 넓은 초지가 펼쳐져 있다. 이구아수 폭포에서 부에노스아이레스까지 18시간 동안 장거리 버스를 타고 가다 보면 이 팜파스를 거쳐 간다. 드넓은 땅에는 수많은 호수와 국립공원, 남극의 빙하, 남미의 스위스로 불리는 바릴로체까지 볼거리가 무궁무진하다. 만식은 이 모든 곳을 다 돌아볼 수가 없어 이구아수 폭포와 수도 부에노스아이레스를 다녀오는 것으로 만족해야 했다.

나이아가라를 초라하게 만든 푸에르토 이구아수

만식이 푸에르토 이구아수에서 머물 수 있는 시간은 일정상 단 하루밖에 허락되지 않았다. 그래서 부에노스아이레스에서 출발할 때는 항공편을 이용하고, 당일 저녁 장거리 버스를 타고 되돌아올 계획이었다. 하지만 해당 아르헨티나 국적 항공사가 만식이 예약했던 이른 새벽 항공편을 일방적으로 취소해버렸다. 승객 수가 적다는 이유에서였다.

황당했지만 남미 지역에서는 흔히 겪는 일이다. 어찌할 도리가 없었다. 하는 수 없이 4시간이나 늦게 출발하게 되었고, 되돌아오는 일정도 다음날 항공편을 이용하는 것으로 수정해야 했다. 빠듯한 하루 일정에 4시간이나 잃게 되었으니 상당한 차질이 생겼다. 그나마 완전히 취소된 것이 아니라 다행이었다. 그래도 항공사의 일방적인 횡포를 가만히 당하고만 있을 수는 없었다. 한참을 적극적으로 항의한 끝에 앞쪽의 넓은 좌석으로 업그레이드해주겠다는 약속을 받아냈다. 그것으로라도 위안을 삼는 수밖에.

만식은 푸에르토 이구아수를 가는 동안 팜파스를 공중에서 내려다보며 이구아수 폭포에 관한 자료를 뒤적거렸다. 원주민인 과라니족 말로, '이구(Igu)'는 물이라는 뜻이고, '아수(asu)'는 크고 웅장한 것에 대한 경탄, 놀람, 공포를 나타낸다고 한다. 다시 말해 '이구아수'라고 하면 '와! 물이다' 뭐 이런 뜻쯤 되는 것인데 참 멋진 이름이 아닐 수 없다. 이보다 더 간결하고 적절한 이름이 있을 수 있을까.

이구아수 하면 흔히 나이아가라 폭포와 비교를 한다. 루즈벨트 전 미국대통령 부인 일리노어 루즈벨트 여사가 이곳을 방문하고 자기도 모르게 "오, 불쌍한 나이아가라!(Oh, poor Niagara!)"라고 탄식했다고 한다. 이 한마디로 이구아수 폭포의 웅장함을 짐작할 수 있지 않은가. 아프리카 빅토리아 폭포보다 넓고, 북미대륙의 나이아가라 폭포보다 높은 곳에서 물이 떨어진다.

막상 폭포를 보는 순간 만식은 입이 딱 벌어졌다. 15년 전에 보았던 나이아가라 폭포에 대한 기억은 가물가물했지만 그와는 비교가 안 될 정도로 장엄한 것만은 틀림이 없었다. 이쪽에서 이구아수 폭포를 관람하는 데

이구아수 폭포는 아르헨티나, 브라질, 파라과이 3개 국가에 걸쳐 있다. 이 중 아르헨티나 쪽 이구아수를 '푸에르토 이구아수'라고 한다. 브라질 쪽에서는 폭포의 전체적인 장관을 보기가 좋고, 아르헨티나 쪽에서는 폭포 가까이에서 장엄함과 웅장함을 체험할 수 있다고 한다. 너비 4.5km, 평균 낙차 70m로 275개의 크고 작은 폭포가 장관을 이룬다.

는 총 세 가지 코스가 있다. 서두르면 두어 시간 정도에 다 돌아볼 수 있을 것 같았다. 하지만 길이 외길인데다 천하태평의 몸집 좋은 연인이나 가족들이 앞을 가로막고 천천히 걸어가는 바람에 생각보다 시간이 많이 걸렸다.

마음은 바빴지만 어떡하겠는가. 피할 수 없으면 즐기라는 말도 있지 않은가. 주위 경치를 구경하고 사진도 찍으면서 천천히 둘러보았다. 폭포 앞의 산마르틴 섬까지 배로 들어가 바로 눈앞에 펼쳐지는 생생한 광경을 즐기기도 했다. 배를 타고 폭포 바로 아래까지 접근하기도 했는데, 이 체험을 하려면 아예 수영복과 얼굴을 가릴 수건을 준비하는 것이 현명하다는 판단이 들었다. 1~2시간만 더 투자하면 브라질 쪽의 포스 두 이구아수까지 갔다 올 수도 있었지만 만식에게는 시간이 부족했다.

폭포 아래 위쪽을 다 돌아보고 마지막으로 철재다리를 지나니 드디어 '악마의 숨통(devil's throat, 스페인어로 Garganta del Diablo)'에 도달했다. 세찬 물살이 굉음을 내며 100m 밑으로 곤두박질치고 있었다. 말로는 다 표현할 수 없는 장관이었다. 그 광경을 쳐다보고 있는 자신도 금방이라도 빨려 들어갈 것 같은 기분이 들었다.

"누군지 몰라도 이름 한번 잘 지었다!"

마음을 차분히 다스리는 사람은 귀와 눈이 그에게 장애가 되지 않으나 귀와 눈만을 믿는 사람은 보고 듣는 것이 자세하면 할수록 더욱 병이 되는 것이다. 고요한 마음은 귀와 눈이 누가 되지 않는다. 귀와 눈을 믿는 자는 자세히 보고 들으며 살필수록 더욱 병이 된다.

소리와 빛은 외물(外物)이다. 이 외물이 항상 사람의 귀와 눈에 장애가 되어 바르게 보고 듣는 기능을 이처럼 잃게 하는 것이다. 하물며 사람이 세상을 살아간다는 것은 강물을 건너는 것보다 훨씬 더 위험스러울 뿐만 아니라 보고 듣는 것이 수시로 병이 됨에랴.

연암(燕巖) 박지원(朴趾源)은 〈일야구도하기(一夜九渡河記)〉에서 보고 듣는 것이 병이 된다 일렀다. 어찌 보고 듣는 것이 바로 병이 된다 하겠는가. 보고 듣는 것에만 의지할 뿐 그를 헤아리지 못하는 어리석음을 경계한 것이니, 지금 사납고 거센 물 앞에서 요동치는 만식의 마음 역시 그와 다르지 않을 터였다. 두고 온 세상이나 앞으로 만나게 될 세상에서 단지 외물에만 매일 일이 아니라 본질을 깨달아야 함이니, 그것이 바로 물이 주는 교훈이었다. 생각해보면 눈이 빛을 만들고 귀가 소리를 만드는 것 아니겠는가.

여행길에서의 분실 그리고 상실

만식은 아르헨티나에 도착했을 때 중요한 소지품 하나를 잃어버린 사실을 뒤늦게 발견했다. 바로 모자였다. 전날 페루의 호텔 방에 놓고 온 것이다. 비단 남미뿐만 아니라 어딜 가든 혼자 여행하면서 모자는 그야말로 필수품 중 필수품이다. 게다가 늘 쓰고 다니는 것이기 때문에 웬만해서는 잃어버릴 일이 없다.

만식은 한 곳에 2~3일 정도 머무를 여유가 생기면 호텔 방에서 손빨래를 하곤 한다. 그날따라 모자를 한번 빨아서 써야겠다는 마음이 들었다. 그래서 다른 속옷가지를 세탁하는 김에 모자도 빨아 각까지 잡은 뒤 침대 옆 램프 위에 예쁘게 씌워 놓았다. 그리고 다음날 아침 허둥지둥 호텔을 떠나면서 그대로 놓고 온 것이다.

만식은 허탈했다. 사실 이번 여행에서 소지품을 분실한 게 처음은 아니었다. 쿠바에서 세면도구를 호텔에 놓고 나온 뒤 다시는 그런 일이 없도록 하겠다고 몇 번이고 다짐을 했던 터였다.

세면도구도 그렇고 모자도 그렇고, 사실 별로 비싼 것도 대단한 것도 아니다. 하지만 일상생활에서는 하찮은 것일지 몰라도 여행할 때는 더 없이 소중한 역할을 하는 물건이 있다. 짐을 최대한 줄여 꼭 필요한 것들만 챙겨 다니기 때문에 한 가지 한 가지가 없으면 당장 불편해지는 필수품들이다. 다시 구입하면 되겠지만 잃어버렸을 때의 그 허탈감이란 이루 말할 수가 없다. 이런 일들이 혹시 건망증이나 치매의

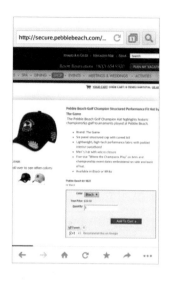

초기 증상이 아닐까라는 우려까지 더해지면 상황은 더욱 심각해진다.

게다가 그 모자는 단순한 햇빛 가리개 역할만 하는 소품이 아니었다. 만식은 몇 해 전 미국 북 캘리포니아 몬트레이 만의 페블비치 골프장에서 그 모자를 샀다. 세계 각지를 여행할 때마다 그 모자를 썼고, 모자와 함께 많은 추억들이 쌓였다.

모자에 미련을 버리지 못한 만식은 페루의 호텔에 이메일을 보냈다. 혹시 청소하다가 모자를 발견했으면 돌려보내줄 수 없냐고. 애당초 기대하지 않고 보낸 메일이었지만 답은 '역시나'다. 방 청소부가 모자를 발견했으나 손님이 일부러 버리고 간 것인 줄 알고 쓰레기통에 넣어버렸단다.

잘 세탁해서 침대 옆 램프에 예쁘게 씌워 놓았는데 버리고 간 줄 알았다니 할 말이 없었다.

호텔 측 답변에 한 줄이 붙어있긴 했다. '보상해줄 방법을 찾고 있다'는 내용이었다. 그 후로도 혹시나 하는 마음에 몇 차례 더 이메일을 주고받았지만, '방법을 찾는 시간'이 너무나 오래 걸렸다. 결국 호텔 측에 '영원히 방법을 찾아보라'는 마지막 답변을 보내고 나서야 모자에 대한 미련을 털어버렸다.

나 홀로 여행에서 변수와 해프닝은 반드시 생기게 마련이다.
항공편, 교통편이 변경되거나 다치거나 아프거나, 또 무언가를 잃어버리게 된다. 아무리 조심해도 그런 일들은 생긴다.
가능성이 아니라 필연이다. 인생 여행길에서도 마찬가지이다.

그 즈음 서울에서도 별로 안 좋은 소식이 들려왔다. 만식이 여행을 떠나 쿠바에 있는 동안 어느 큰 회사에서 "귀국하면 함께 일해 볼 생각이 있느냐"는 의사타진을 해온 일이 있었다. 당시에는 통신 문제로 인해 아예 연락이 두절된 상황이라 만식은 나중에 콜롬비아 보고타 공항에 와서야 그 사실을 알았다. 급히 그 회사 책임자와 연락을 취했고, 다소 긍정적인 답변을 받아냈다. 앞이 안 보이는 오리무중 속에서 일말의 희망이 생겼던 것이다.

그런데 그 회사에서 갑자기 며칠 만에 말을 바꾸어 "함께 일하기가 곤란하다"는 답변을 보내왔다. 당초 확약을 한 것은 아니었기 때문에 뭐라고 할 말은 없었다. 하지만 그 정도의 회사가 임원 자리를 놓고 며칠 사이에 이랬다저랬다 갈피를 못 잡는 행동을 하는 것은 드문 일이다. 그런 회사일수록 최대한 신중을 기해 사람을 찾고 의사타진을 하기 때문이다.

특별한 이유가 있느냐는 질문에 군색한 대답이 돌아왔다. 만식을 데려다 쓰려고 했던 자리가 회사 사정 때문에 갑자기 없어졌다는 내용이었다. 내심 집히는 바가 있었다. 나름 정보망을 가동해 알아보았더니 짐작한 대로였다. 누군가가 훼방을 놓아 자리를 가로챈 것이다. 그는 그 회사의 특정 자리가 비었다는 소식을 우연히 접하게 되었고, 만식에 대해 온갖 음해를 한 뒤 자기가 미는 사람을 보직 이름만 바꿔 채용시킨 것이다.

절망의 파도에는 자비나 동정심이 없다고 했던가. 며칠 후 또 하나의 비보가 날아왔다. '만식'이라는 이름을 지어준 청암 선생에게 변고가 생긴 것이다. 한동안 시골에 있는 자신의 서재에서 집필에 몰두하던 그가 서울에 올라왔다가 교통사고를 당해 최소한 수개월은 꼼짝 못하고 누워 지내야 한다는 소식이었다. 엎친 데 덮친 격으로 평소 믿고 지내던 지인이 선생의 출판 준비 비용을 몽땅 챙겨 달아나 버렸다.

만식은 비통한 마음을 금할 수가 없었다. 억장이 무너지는 기분이었다. 불행한 일들은 왜 한꺼번에 찾아오는지. 왜 착한 사람들에게 비극적인 일들이 더 많이 일어나는지. 도무지 알 수 없는 노릇이었다. 며칠 여행으로 겨우 마음의 평온을 되찾았다 싶었던 만식에게 또다시 격정의 파도가 일기 시작했다. 그것은 다시 절망이라는 소용돌이를 향해 달려갔다.

불행은 혼자 오지 않고, 추락에는 바닥이 없다.
더 이상 내려갈 곳이 없다고 느끼는 순간 손에 집히는 것은 끝이 보이지 않는 나락, 그곳에는 고독과 절망이라는 괴물이 아가리를 벌리고 있다.
끝까지 정신 줄을 놓지 않고 견뎌내면 한 줄기 생명의 빛을 볼 수 있으려나.

이구아수 오가는 하늘 길, 옆자리는 모두 신부들

이튿날 부에노스아이레스로 돌아오는 비행기에서도 만식은 창가 자리를 고수했다. 옆자리에는 젊은 신부가 앉았다. 사실은 이구아수 폭포를 갈 때도 옆자리에 아르헨티나인 신부가 앉았다. 풍채가 좋고 연세가 지긋한 분이었다. 이구아수를 오가는 하늘 길 모두 신부와 동행이라니. 젊은 신부는 사제복 대신 셔츠에 청바지만 걸치면 영화배우로 나서도 될 정도로 미남이었다. 그는 영어도 유창했다. 미카엘이라고 자신을 소개했다. 만식이 도발적인 질문을 했다.

"여성들에게 인기가 많겠습니다."

그는 전혀 당황하지 않고 대답했다.

"그런 소리를 종종 듣습니다. 하지만 그 또한 하느님의 뜻인데 저인들 어떡하겠습니까. 하하하."

두 사람은 비행시간 내내 제법 많은 이야기를 나누었다. 얼마 전 바티칸으로 간 아르헨티나 출신 교황 프란치스코 1세에 관한 이야기, 에바 페론에 관한 이야기, 남미 가톨릭에 관한 이야기들이었다. 그리고 인간 세상의 불평등에 관한 이야기도.

"신대륙이 발견되고 남미대륙에 가톨릭이 전파되는 과정에서 엄청난 희생이 있었지만 그럴수록 믿음의 힘은 더욱 커졌습니다. 억압받는 사람들, 가난한 사람들에 대한 관심도 유럽의 가톨릭교회보다 더 절실할 수밖에 없지요. 교회의 존재 이유도 그런 소외된 이웃들을 돌보고 사랑하는 데서부터 찾아야 하지 않을까요."

만식은 참 운이 좋다고 생각했다. 역사적인 장소인 이구아수 폭포를 오가는 비행기에서 두 차례 모두 가톨릭 신부들이 옆자리에 앉았으니 그 또한 축복받은 것이 아닐까. 두 신부 모두 만식과 궁합이 잘 맞는 듯했다. 만식은 미카엘 신부에게 조금 엉뚱한 질문을 던졌다.

"남미에도 사람들 사이에 '궁합(well-suited)'이란 것이 있나요?"
"물론이지요. 특히 결혼할 때에는 남녀 간에 서로 잘 맞는지 따져보기도 하지요."

신기했다. 미카엘 신부가 대답한 내용은 동양의 풍습과 똑같았다. 만식이 되물었다.

"그럼, 신부님은 가톨릭 성당과 궁합이 잘 맞으시는군요."

미카엘 신부가 크게 웃었다.

사실 만식은 미카엘 신부와 대화를 나누면서 머릿속에서는 내내 라틴
아메리카에서 비롯한 해방신학에 대한 생각을 떠올리고 있었다. 미카엘
신부가 펼친 짧은 담론의 바탕에도 결국 해방신학의 이념이 깔려있는 것
이기도 했지만, 만식이 남미의 가톨릭 성당들을 두루 돌아보면서 줄기차
게 따라붙었던 생각도 바로 그것이었다. 하지만 그런 거대한 담론을 나
누기엔 시간도 자리도 맞지 않았다. 그저 이심전심으로 서로 듣고 헤아
렸을 뿐. 그것도 일종의 '궁합'이라고 해야 될까.

해방신학은 라틴아메리카라는 억압의 상황에서 태어난 신학이다. 역사적으로 볼 때 남미는 극심한 정치적
억압과 경제적 수탈 및 그로 인한 엄청난 빈부의 격차, 구조화된 실업과 문맹으로 특징지어진다. 남미의 비
참한 상황은 서구세계의 식민지 개척으로 시작되었다. 그 선두주자였던 스페인과 포르투갈은 무자비한 방
법으로 남미의 원주민들을 대량 학살하고 그 전통문화를 파괴했다. 그 뒤에도 이 지역은 19세기 중반부터
영국과 미국의 신식민주의 정책에 의해 철저한 약탈과 경제적인 예속을 경험해야 했다. 제2차 세계대전 이
후에 남미의 국가들은 명목상으로는 독립국가가 되었고 미국을 비롯한 서구열강의 원조도 받았으나, 그것
이 이 지역의 정치적 자유와 경제적 평등을 가져오지는 못했다. 오히려 라틴아메리카 내의 소수의 군부관
료집단들을 앞세운 서구국가들에 더욱 철저히 예속되어 버렸다. 서구의 여러 나라들이 내세운 근대의 진
보, 자유, 평등, 기회와 같은 모토들은 라틴아메리카의 경우에는 약탈, 가난, 억압, 불평등의 모습으로 찾
아왔다. 해방신학은 이런 억압의 상황 속에서 성경이 말하는 해방과 자유를 어떻게 이룰 수 있을까를 모색
하는 가운데 태어난 '상황적'인 신학이다. [8]

혁명광장의 젊은 연인들

만식에게 부에노스아이레스는 참 멋진 도시였다. 낭만의 도시라고나 할까. 24시간 잠들지 않는 활기가 넘쳤다. 사람들은 활달하고 친절했다. 그야말로 '탱고와 와인의 나라'라는 말이 실감났다.

부에노스아이레스에는 넓은 공원들이 많았다. 그냥 산책 삼아 걷기만 했는데도 그 자체가 멋진 경험이었다. 큰 도시였지만 주요 관광지가 다른 라틴 국가들처럼 모여 있어 다행이었다. 이틀 동안 걸어서 가고 싶은 곳은 다 돌아볼 수 있었다.

우선 1810년 독립선언을 했던 '5월혁명광장'을 찾았다. 바로 옆에 대통령궁과 대성당이 있었다. 광장의 경관보다는 광장에서 펼쳐지는 풍정들이 훨씬 이채로웠다. 혁명광장에서 젊은 연인들은 광장의 의미와는 아랑곳없이 여기저기서 노골적인 사랑을 나누고 있었다. 아무리 관광지화되었다지만 명색이 대통령궁 앞에서 버젓이 드러누워 오수를 즐기는 모습 또한 이채로웠다. 관광객들이 안내에 따라 관람을 할 수 있는 대통령

궁 안에는 체 게바라와 에바 페론의 대형 초상이 나란히 걸려 있어 조금은 아이러니하게 느껴지기도 했다.

대성당 입구에는 교황 프란치스코 1세의 사진이 자랑스럽게 세워져 있었다. 아르헨티나 출신인 그가 교황이 되기 전까지 미사를 집전했던 곳이 바로 이 대성당이다. 프란치스코 교황은 이탈리아에서 아르헨티나로 이민 간 철도노동자의 다섯 자녀 중 한 명으로 태어났다. 대학에서 화공학을 전공한 그는 1958년 예수회에 입문한 이후 1969년 사제 서품을 받았다. 2001년 추기경에 서임되었고, 2013년 건강상의 이유로 사임한 베네딕토 16세의 뒤를 이어 제266대 로마가톨릭교회의 교황으로 선출되었다. 그는 시리아 출신 교황인 그레고리오 3세 이후 1282년 만에 탄생한 비 유럽권 출신 교황이고, 2000년의 가톨릭교회 역사상 최초의 미주 출신이자 최초의 예수회 출신 교황이기도 하다.

만식이 중남미 여행을 마치고 돌아온 지 얼마 되지 않아 마침 프란치스코 교황이 4박5일 일정으로 한국을 방문했다. 교황은 나흘간의 방한 일정 동안 세월호 유족을 비롯해 위안부 피해자, 쌍용차 해고노동자, 용산참사 피해자 등 한국 사회의 고통 받고 소외된 이들을 만나는 등 낮은 곳으로 향하는 행보를 지속해 한국 사회에 많은 가르침을 안겼다. 그것은 가난한 이민노동자의 아들로 태어나 주로 빈민가에서 활동해온 그의 이력과 무관치 않을 터였다. 만식은 그런 교황의 모습을 보면서 남미와, 그

전 이탈리아 여행에서 짧게나마 조우했던 그의 자취를 더듬어보며 잠시 감회에 젖기도 했다.

대성당을 나온 만식은 '7월9일대로'를 따라 걸으며 오벨리스크와 콜론 극장을 찾았다. 산마르틴 광장과 플로리다 거리, 국회의사당과 의회 광장도 둘러보았다. 깔끔한 플로리다 거리에는 외국 관광객들이 넘쳐났다. 걸어가는데 2~3미터마다 호객꾼들이 서서"깜비오, 깜비오, 까사 깜비오"를 외쳤다."환전이요, 환전, 환전소요" 이런 뜻이다. 남미 다른 나라에서는 볼 수 없는 광경이었다. 이것만 보아도 아르헨티나의 외환위기가 얼마나 심각한지 짐작할 수 있었다.

'7월9일대로'는 폭이 140m로 세계에서 가장 넓은 길로 알려져 있다. 프랑스의 건축가인 찰스 타이즈가 1887년에 디자인한 이 대로가 완성되기까지는 근 100년이 걸렸다. 이 길 위에 있는 67.5m 높이의 오벨리스크는 부에노스아이레스의 상징물이 되어온 기념탑이다. 이는 1936년 건축가 알베르또 쁘레비치가 부에노스아이레스 시 건설 400주년 기념물로 만든 것이다. 처음 건설되었을 때는 엄청난 비판을 받았다. 결과적으로 이런 상징물이 부에노스아이레스의 이미지를 얼마나 높이게 될지를 예상치 못했던 비판이었다.[9]

플로리다 거리는 세계 각국에서 온 관광객들과 현지인들로 늘 북적거렸다. 유럽을 돌아다니다 보면 잘생긴 사람들이 참 많은데 이곳도 그랬다. 만식  이 보기에는 남미 다른 나라보다 사람들이 대체로 세련되고 잘생긴 것 같았다. 개중에는 유명 영화배우나 스포츠 스타를 닮은 사람들도 있었다. 축구선수 베컴과 지단이 만식 주위를 지나가는 것 같았다. 레오나르도 디카프리오와 줄리아 로버츠, 산드라 블락도 얼핏 보이는 것 같았다. 물론 그들과 닮은 사람들이었다.

인종의 전시장 같은 외국 도시를 걷는 것은 그 자체가 즐거움이다. 그곳에는 우리가 알고 있는 유명인들이 다 있다. 물론 비슷하게 생긴 사람들이지만. 서로 다르게 생겼으면서도 한 인류라는 공통의 유대감을 느낀다. 다 같은 사람이고 특별할 것이 없음을.

밤을 잊은 도시, 부에노스아이레스

그날따라 만식은 얼큰한 국물이 먹고 싶었다. 동포가 하는 식당이 있을 법도 한데 쉽게 눈에 띄지 않았다. 이런 경우 많은 여행객들이 선택하는 대안은 바로 중국식당이다. 세계 어디를 가나 차이나타운과 중국식당은 있게 마련이다. 그곳에는 고기, 해산물, 야채, 면, 스프까지 없는 음식이 없다.

만식은 대개 닭고기 요리에 '핫 앤 싸우어 스프'와 볶음밥을 시켜 먹는다. 그 나라 현지 음식들에 비해 가격도 쌀뿐더러 좋아하는 매운 고추 양념까지 곁들이면 근사한 속풀이용 한 끼 식사로 훌륭하다. 거기에 고량주까지 곁들이면…. 입에 침이 절로 고였다.

그런 생각을 하며 주변을 두리번거리고 있는데 근처를 서성이던 외국여성 2명 중 한 명이 말을 걸어왔다.

"저, 혹시 근처에 중국식당이 있나요?"

스페인어였다. 그들은 만식을 중국계 아르헨티나 인으로 본 것 같았다. 그들은 만식이 못 알아듣는 듯하자, "중국사람 아니세요?"라며 영어로 고쳐 물었다. 만식은 반가운 마음으로 되물었다.

"나도 여행객인데 중국식당을 찾고 있어요."

이렇게 대답하자 여성들은 활짝 웃으며 제안을 했다.

"잘됐네요. 우리도 무얼 먹을지 고민하다 중국 음식을 먹기로 했으니 함께 찾아봐요."

만식은 반갑기도 했고 약간 당황스럽기도 했다.

'이방인 여성들과 난데없이 중국식당을 함께 찾게 되다니.'

조금 전 거리에서 보았던 외국 스타처럼 멋진 몸매와 미모를 갖춘 여인들이었다. 영어도 능숙했다. 그들은 베네수엘라에서 온 여행객들이었다. 둘은 서로 동서 사이라고 했다. 숙소도 만식이 묵는 호텔과 가까웠다.

얼떨결에 일행이 된 세 사람은 근처의 중국식당을 찾아 식사까지 함께했다. 어딜 가나 인연이 있다고 했던가. 세 사람은 금세 친해져 스스럼

이 없이 대화를 나누었다. 서로 자기 나라에 대한 이야기, 여행에 관한 이야기를 나누며 즐거운 식사를 했다. 메뉴는 만식이 주문한 닭고기 요리와 볶음밥, 매운 스프, 그리고 고량주. 두 여성도 만족해하는 눈치였다.

밥값이 그리 비싸지 않아 만식이 인심을 한번 쓰겠다고 했다. 그러자 여성들이 그에 보답하겠다며 2차를 제안했다.

"탱고와 와인의 나라에 왔으니 탱고 클럽에 함께 가요. 그저께도 갔었는데, 세계 각지에서 온 관광객들도 많고 분위기가 아주 좋아요."

사실은 만식도 직접 탱고 클럽에 가보고 싶었지만 혼자 가기도 쑥스럽고 말도 잘 통하지 않아 포기하고 있던 차였다. 세 명은 곧바로 호텔 부근의 탱고 클럽을 찾았다.

과연 아담한 클럽 내부는 손님들로 꽉 차 있었다. 무대에서는 전문 남녀 무용수가 피아노와 반도네온의 연주에 맞춰 멋진 탱고를 선보이고 있었다. 공연이 끝나자 손님들이 무대로 몰려나가 춤을 추기 시작했다. 두 여성 중 언니인 이사벨이 춤을 함께 추자며 만식의 손을 잡아끌었다. 이사벨은 본래는 이태리계라고 하는데 몇 대에 걸쳐 백인과 인디오의 피가 섞인 듯 보였다.

만식은 쿠바의 카사 주인에게 잠깐 배운 적이 있는 탱고 스텝을 밟으며 진땀을 흘렸다. 이사벨도 잘 추는 편은 아니었다. 둘은 서로 뒤뚱거리며 탱고를 추다가 테이블로 돌아와 와인으로 목을 축였다. 이사벨의 손아래 동서 와이나는 다른 노랑머리 사내와 정신없이 탱고를 추고 있었다. 세 사람은 시간 가는 줄 모르고 그렇게 부에노스아이레스의 밤을 즐겼다. 탱고와 와인과 전 세계에서 온 여행객들과 함께. 부에노스아이레스는 밤을 잊은 도시임에 틀림없었다.

어디든 인간이 살아가는 모양은 다 비슷하다. 그러나 문화와 인종, 언어처럼 서로 다른 것들도 있다. 낯선 세계에 나 자신을 노출시키는 것 자체가 모험이자 흥미로운 일이다.

세 사람은 새벽녘이 되어서야 클럽을 나왔다. 이사벨은 만식에게 자신들의 호텔 바에서 한 잔을 더 하자고 제안했다. 하지만 더 이상은 곤란했다. 다음 일정을 위해 그쯤에서 헤어졌다. 무엇이든 과유불급이다. 낯설고 위험한 나라를 혼자 여행하면서 일정한 선을 넘는 방탕과 방심은 금물이다. 나 홀로 여행객은 물론이고 해외 여행객들이 사건 사고에 휘말리는 데는 이유가 있다. 가지 말라는 곳에 가는 것과 이성(異性), 술이 그것이다. 하지 말라는 짓은 안하는 것이 안전여행의 필수 사항이다. 비록 모험에 대한 일말의 미련은 남겠지만.

레콜레타의 에비타

이튿날 아침. '좋은 공기'라는 뜻처럼 부에노스아이레스의 아침 공기는 상쾌했다. 잠들지 않는 도시였지만 아침이 되자 언제 그랬냐는 듯이 새로운 활기가 느껴졌다. 숙취로 머리가 약간 지끈거렸지만 늦지 않게 일어나 샤워를 한 뒤 아침까지 챙겨 먹었다.

숙소를 나서 버스를 타고 '라 보까' 지역을 찾았다. 건물들이 알록달록 다양한 색으로 칠해져 있었다. 마치 유럽 스칸디나비아의 어느 작은 마을을 연상케 하는 동네다. 이곳 카미닌토 거리에서는 많은 공예가와 미술가들을 만날 수 있었다. 주변에는 이탈리아와 스페인 풍 식당들이 많았고, 곳곳에 탱고 공연을 알리는 포스터들이 나붙어 있었다. 몇 백 미터를 걸어가니 세계 최고의 축구선수 메시가 몸담았던 '보카 주니어'의 본거지인 보카주니어 구장이 나타났다. 여기서는 평소에 경기도 열리고, 경기가 없을 때에는 관광객들에게 개방해 관람 수익을 올리고 있었다.

카미닌토의 한 기념관에는 메시와 함께 마라도나의 인형이 전시되어

있었다. 마라도나와 메시, 똑같이 등번호 '10'을 달았던 아르헨티나가 낳은 불세출의 축구 영웅들이다. 축구선수치고 작은 키도 비슷하다. 굳이 두 사람을 비교하자면 누가 더 최고일까. 만식은 1986년 멕시코 월드컵 8강전에서 마라도나가 영국 수비수 6명을 제치며 골을 넣던 장면을 잊지 못한다. 질풍노도와 같은 그의 질주 앞에 덩치 큰 영국 수비수들이 하나둘 추풍낙엽처럼 무너져갔다. 더구나 영국과는 포클랜드 전쟁 때문에 앙숙지간이 아니던가. 그 한 장면만으로도 만식의 뇌리에는 마라도나가 단연 따라올 자 없는 독보적 존재로 각인되어 있었다. 메시가 그냥 천재라면 마라도나는 그야말로 전설이라고나 할까.

만식이 부에노스아이레스에서 마지막으로 찾은 곳은 레콜레타 지역이었다. 누구는 레콜레타를 일러 '고급 삶과 비싼 죽음이 있는 동네'라고 했다. 개인 궁을 비롯해 초호화주택들이 몰려 있어 부에노스아이레스 최고의 부촌으로 일컬어지는 레콜레타 지역에는 아이러니하게도 주택가

포클랜드 전쟁 남아메리카대륙의 동남단, 아르헨티나의 대륙부에서 약 500km 떨어진 남대서양의 소도(小島)인 포클랜드의 영유권을 둘러싼 영국·아르헨티나 간의 분쟁. 실질적으로는 1833년 이후 영국령인 포클랜드에 대해, 1816년 에스파냐로부터 독립 시 그 영유권도 계승한 것으로 주장하는 아르헨티나가 1982년 4월 2일 무력점령을 감행한 데서 발단되었다. 이에 대해 영국은 근해에 석유가 매장되어 있고, 또 남극대륙에의 전진기지로서의 중요성이 큰 포클랜드 방위를 위한 기동부대를 급파, 4월 26일에는 포클랜드 제도의 동남쪽 1,500km에 있는 남 조지아 섬을 탈환했다. 5월 20일 유엔 사무총장의 조정교섭이 실패로 돌아가자 영국군은 포클랜드에 상륙, 75일간의 격전 끝에 6월 14일 아르헨티나군의 항복으로 전쟁을 종결시켰다. 그러나 이 전쟁은 '포클랜드 휴전과 아르헨티나군의 철수에 양측이 합의했다'며 '항복'이라는 말을 빼고 발표된 아르헨티나 측 성명을 통해서도 알 수 있듯이 아무런 진전도 보지 못한 채 원점으로 되돌아갔으며, 다시 유엔으로 넘겨진 포클랜드 영유권 문제의 타결에는 여전히 어려움이 많다.

바로 옆에 거대한 공동묘지가 자리 잡고 있다. 그것도 화려하기 그지없는 대리석으로 치장된 최고급의. 게다가 레콜레타 공동묘지에는 에바 페론의 묘가 자리하고 있어 관광객들의 발길이 끊이지 않는다.

아르헨티나 국민들이여, 나를 위해 울지 말아요.
이제 내가 보이지 않고 사라진다 해도
영원히 아르헨티나 인으로 남을 것이고
여러분들을 영원히 떠나지 않을 겁니다.

비록 초호화 공동묘지라고는 하지만 일반 묘역 사이에 자리한 에바 페론의 유택은 한때 아르헨티나의 '국모(國母)'로까지 추앙되던 그녀의 명성에 비하면 오히려 조촐할 정도였다. 추모객들이 묘지 문틈 여기저기에 끼워놓은 국화 몇 송이만이 그나마 위안이라면 위안이랄까. 만식은 에바의 묘 앞에서 레콜레타의 한 성당 창문으로 비치던 풍경을 떠올렸다. 창밖으로 묘역의 어둑한 실루엣이 보이고, 그 위로 겹쳐지던 예수의 최후를 그린 스테인드글라스 성화를. 그것은 기묘한 데자뷰 같기도 했다. 만식은 짐짓 성호를 그리며 에바의 묘 앞에서 작별인사를 했다.

안녕, 에비타. 안녕, 아르헨티나!

홀로 떠나는 이를 위하여

여행도 인생도 결국은 혼자 가는 것이다. 혼자라고 외로워하지 말자. 나 자신을 받아들이고, 모든 최종 결정은 혼자 할 수밖에 없는 것. 그 순간은 가장 고독하고 절실하다는 사실을 명심하자.

일단 부딪히고 경험하는 것이 좋다. 인생의 자양분이 되지 않는 경험은 없다. 어떤 충고도, 어떤 인생 계발서도 직접 경험을 능가할 수는 없는 법. 어린 시절, 온갖 인생의 지혜를 전부 다 받는다한들 가슴으로 체득하기란 쉽지 않다. 결국 그 나이, 그 상황이 되어서 직접 겪어야만 진정으로 깨닫게 되는 것, 그것이 바로 인간의 삶이 아닐까.

때로는 과도한 욕심을 버리고, 자신의 능력이 남아도는 일을 해보는 것도 좋을듯하다. 자신의 몸보다 큰 모자, 헐렁한 옷을 입고 아등바등하는 것보다, 누가 보더라도 몸보다 작은, 소박한 모자와 옷을 입고 여유를 보여주는 것이 낫다. 주변사람들은 그에게서 무한한 가능성과 여유를 발견하고 부러워한다.

선진국은 선진 시민의식에서부터 시작된다. 우리도 선진국으로 가려면 잘못된 생활습관부터 뜯어고쳐야 한다. 대중교통이나 공공장소에서 입을 가리지 않고 함부로 재채기, 기침하기. 말할 때 상대방이나 음식에 침 튀기기. 백팩 메고 버스, 지하철 타기. 마주 오는 사람 쳐다보지도 않고 걷기 등등.

혼자 여행하면서 새삼스럽게 고마움을 느끼는 것은 걷기와 사색이다. 스마트폰 시대에 진정 필요한 것이 바로 이 두 가지다. 걷기도 잘 하지 않고 버스, 지하철에서 거북이 목을 한 채 검색에만 정신이 없는 것이 흔한 풍경이다. 타기보다는 걷기, 검색보다는 사색을 해야 한다.

칠레

산티아고, 발파라이소

사랑이여, 우리는 이제 집으로 돌아간다.

CHILE

BOLIVIA
PARAGUAY

BRAZIL

발파라이소
산티아고 ARGENTINA URUGUAY

산티아고에 비가 내린다

만식은 다시 남미대륙을 거꾸로 횡단해 칠레 산티아고로 날아갔다. 비행기 창문 너머 보이는 구름 위로 안데스 준령들이 고원처럼 솟아있었다. 비행기는 구름 위로 솟아올라 있는 안데스 설산들보다 조금 높은 고도로 날아가고 있었다. 산티아고는 그 산 행렬들이 끝나는 언저리에 있었다.

칠레는 남미대륙 태평양 연안의 3분의 2를 차지하는 길쭉한 모양의 나라다. 남북으로 총 길이가 4,300km인데 비해 동서의 평균 폭은 불과 180km밖에 안 된다. 동서 간 폭이 최대로 넓은 곳이라고 해봤자 445km이고 가장 좁은 곳은 90km에 불과하다. 그래서 지도를 보면 '세로의 나라'이다.

수도는 산티아고이고, 면적은 약 76만km^2로 한반도의 3.5배쯤 된다. 주요 도시로는 발파라이소라는 태평양 연안의 오래된 항구도시가 있다. 콘셉시온과 푼타아레나스 같은 도시들도 유명하다. 푼타아레나스는 남극으로 갈 때 거쳐야 하는 거점도시이기도 하다.

스페인에서 파견된 발디비아 장군(피사로의 부하라고 한다)이 1541년에 지금의 수도인 산티아고를 중심으로 식민도시를 건설했다. 1810년 아르헨티나처럼 독립운동이 일어났으나 실패했고, 1817년 아르헨티나 산마르틴의 원조를 얻어 1818년에 독립을 선언했다.

초기에는 페루, 볼리비아와 전쟁에서 이기고 풍부한 광물자원을 바탕으로 번영을 이루었다. 그러나 근현대로 넘어오면서 정정이 불안하고 쿠데타도 일어나 피노체트 군사정권이 오랫동안 이어졌다. 〈Rain over Santiago(산티아고에 비가 내린다)〉라는 제목의 영화와 노래는 군사정권 당시 칠레에서 벌어진 비극을 기록하고 있다.

푸르게 밝은 날, 산티아고에는 비가 내렸다.

1973년 9월 11일, 칠레는 화창한 봄날이었다. 그런데 칠레 국영 라디오에서는 "지금 산티아고에는 비가 내리고 있다"는 엉터리 일기예보를 반복했다. 그는 쿠데타 작전 개시를 알리는 암호였다. 미국의 은밀한 지원을 받은 피노체트는 전투기로 대통령궁을 폭격했다. 선거를 통해 세계 최초의 사회주의 정권을 열었던 아옌데 대통령은 마지막 순간까지 저항하다가 "칠레 만세! 민중 만세!"를 외치며 삶을 마감했다. 그 후 17년간 이어진 피노체트의 군부독재 기간 동안 칠레에서는 최소 3천명이 납치 살해되었고, 2만8천명에 이르는 고문 피해자가 생겨났다. 무수한 지식인, 시인, 소설가, 예술인들이 독재정권에 저항하다가 그들의 총검 아래 스러져갔다. 가장 비극적인 사례는 빅토르 하라다. '기타는 총, 노래는 총알'이라는 슬로건으로 '누에바 칸시온(새 노래)' 운동의 중심에 서 있던 가수 빅토르 하라. 칠레가 사랑했던 그는 5천여 군중이 지켜보는 운동장에서 개머리판으로 손목이 으스러지고 끝내는 총살당했다. 지금은 '빅토르 하라 스타디움'이라고 이름 붙여진 운동장에서 그는 마지막 노래를 남겼다.
얼마나 더 서서히 더 많은 죽음들이 일어날까.
그러나 곧 양심의 물결이 나를 건드리고
이렇게 우리들의 주먹은 새로이 일어설 것이네.[10]

칠레는 산티아고 동쪽으로 안데스 산맥과 서쪽으로 태평양을 따라 가볼 곳이 많다. 적도 부근에서 남극권까지 길게 뻗어있기 때문에 사막과 산맥, 숲과 호수, 해변과 피요르드, 빙하까지 다양한 자연을 만날 수 있다. 하지만 단시간 여행객들이 주로 구경할 수 있는 곳은 수도인 산티아고와 거기서 차로 2시간 거리인 항구도시 발파라이소, 비냐 델 마르 정도이다.

만식이 한인 타운에서 만난 중년의 한 교포는 10년 전 50일간 칠레 일주 여행을 한 뒤 그 길로 직장을 그만두고 가족들을 모두 데리고 이민을 와서 옷가게를 하고 있다고 했다. 두 달이 채 안 되는 여행을 계기로 이민이라는 결단을 내릴 만큼 칠레의 자연경관에 푹 빠졌다는 이야기다.

칠레노들의 거리

만식은 산티아고가 깨끗한 도시라는 인상을 받았다. 4,000~6,000m의 안데스 고봉들에 둘러싸인 분지로, 빙하가 녹아내린 물이 흐르는 마포차 (mapocha) 강이 시내를 가로지르고 있었다(그러나 수량이 적어 강이라 기보다는 개천에 가까워 보였다). 무엇보다 산티아고는 치안이 좋은 편 이라서 마음이 놓였다.

시내 거리에는 따뜻한 햇살 아래 뛰노는 아이들과 벤치에 앉아 체스를 두는 노인들, 그 옆으로 말을 타고 순찰하는 경찰들이 평화로이 공존하고 있었다. 중절모를 눌러쓴 멋진 '칠레노'가 생각에 잠겨 거리를 걷고 있는 모습도 보였다. 도시 곳곳을 장식하고 있는 그래피티(graffiti, 거리낙서) 들은 현대사의 비극을 딛고 빠르게 일어서고 있는 산티아고의 새로운 면 모를 보여주는 듯했다.

이곳에도 역시 중심부에 아르마스 광장이 있었다. 그 주변으로 대성당 과 대통령궁인 모네다궁전, 헌법광장과 박물관, 미술관 같은 곳들이 있

다. 신선한 해산물을 주로 파는 중앙시장(mercado central)도 가까이 있어서 각종 해산물 요리를 쉽게 즐길 수 있다. 칠레도 한국처럼 맵고 짠 요리들이 많다. 그 중에서도 조개, 새우, 전복 등을 듬뿍 썰어 넣은 해산물 요리인 마리스꼬가 만식의 입맛에 꼭 맞았다. 특히 해물스프인 '깔도 데 마리스꼬'는 국물이 시원해서 해장용으로 제격이었다.

산티아고에는 크고 작은 두 개의 언덕이 있다. 작은 것이 산타루시아

언덕이고 큰 것은 산크리스토발 언덕이다. 만식은 두 언덕을 모두 올라가 보았다. 두 언덕 사이의 거리가 꽤 멀었지만 걸어서 이동했다.

산타루시아 언덕에는 그리 크지 않은 성벽과 숲이 우거진 공원이 있었다. 이곳은 발디비아 장군이 산티아고를 지키기 위해 만든 요새라고 한다. 언덕 위 작은 공원에는 발디비아 장군의 기마상이 서 있고, 성벽에서 산티아고 시내를 조망해 볼 수도 있었다. 연인들과 관광객들의 사랑을 받을 만했다.

이보다 훨씬 높은 산크리스토발 언덕은 서울의 남산 같은 곳이다. 동물원과 수영장 등을 갖춘 테마파크도 있었다. 정상에는 하얀 성모상과 예배당이 있는데, 케이블 열차인 '푸니쿨라(Funicular)'와 케이블카인 '텔레페리코'를 타고 올라간다. 만식에게는 두 가지 운송수단 모두 색다른 경험이었다.

언덕 정상까지 올라온 만식은 하얀 성모상과 예배당 앞에서 사진을 찍으며 경치를 감상했다. 사방팔방으로 안데스 고봉들이 산티아고 시내를 둘러싸고 있는 멋진 풍광이었다. 만식은 정상 바로 아래 휴게소에서 현지인들이 즐겨 먹는 '모뗴 꼰 후에시오'라는 음료를 시켰다. 옥수수와 밀, 복숭아를 재료로 만든 음료로 갈증과 허기를 동시에 해결할 수 있었다.

바람이 불어오는 곳

산티아고에서 만식이 묵었던 숙소는 호텔도 아니고 카사도 아닌 그냥 빈 아파트였다. 물론 미리 알고 갔던 것은 아니다. 저렴한 숙소를 찾던 중 호텔 형 아파트라는 게 있다고 해서 선택한 곳이다. 아파트 내부는 그런 대로 괜찮았으나 춥고 썰렁했다.

산티아고는 북반구와 반대로 한겨울이었다. 빈 아파트에는 난방시설이 없어 상당히 추웠다. 더운물도 잘 나오지 않았다. 잘 때는 이불 한 채로 밤새 버텨야 했다. 혼자 빈 아파트에 이불을 덮어쓰고 누워 추위와 싸우며 뒤척이다 보니 불쑥 외로움이 밀려왔다. 옛 영화에서 닥터 지바고가 라라를 그리워하며 눈과 얼음에 갇힌 외딴 저택에서 느꼈을 고독이 이런 것이었을까.

또다시 자신의 처지가 처량해졌다. 유배자마냥 버려진 신세가 된 것 같았다. 만식은 외로움을 달래려 스마트폰에 저장된 노래를 틀었다. 장르별로 제법 많이 저장된 음악 중에 하필이면 〈대전 블루스〉와 〈돌아가는 삼각지〉가 구슬프게 흘러나온다. 가수도 처량한 분위기로는 둘째가라면 서러워할 장사익이다. 만식은 텅 비어버린 듯한 혼자만의 방에서 목청껏 노래를 따라 불렀다.

"잘~있거라, 나는 간다….."
"삼각지 로타리에, 궂은비는 오는데….."

노래 가사는 떠돌이 같은 만식의 고독을 더욱 짙게 만들었다. 혼자 여행을 다니다 보면 자신과 대화하는 시간을 자주 갖게 된다. 만식은 상상했다. 지금까지의 홍만식과 완전히 결별한 채 이곳 남미에서 이대로 살아야 한다면 어떨까.

나 홀로 여행의 큰 복병 중 하나는 외로움이다. 출발할 때, 정신없이 옮겨다닐 때는 숨어 있다가 비로소 여유를 좀 찾았다 싶을 때 슬금슬금 기어나온다. 그럴 때는 엄마 뱃속에 있었던 기억을 떠올려보라.
어차피 그때부터 혼자가 아니었나. 죽어서도 마찬가지다.

그러는 사이 노래는 김광석의 〈바람이 불어오는 곳〉으로 넘어갔다. 가족과 친구들에 대한 그리움이 더 크게 밀려왔다. 하지만 만식은 이내 김광석의 목소리에 실려 깊은 잠으로 빠져 들어갔다.

바람이 불어오는 곳 그곳으로 가네

그대의 머릿결 같은 나무 아래로

덜컹이는 기차에 기대어 너에게 편지를 쓴다

꿈에 보았던 길 그 길에 서있네

설레임과 두려움으로 불안한 행복이지만

우리가 느끼며 바라볼 하늘과 사람들

햇살이 눈부신 곳 그곳으로 가네

바람에 내 몸 맡기고 그곳으로 가네

출렁이는 파도에 흔들려도 수평선 바라보며

햇살이 웃고 있는 곳 그곳으로 가네

나뭇잎이 손짓을 하는 곳 그곳으로 가네

휘파람 불며 걷다가 너를 생각해

너의 목소리가 그리워도 뒤돌아볼 수는 없지

바람이 불어오는 곳 그곳으로 가네

옛 영화(榮華)의 항구도시 발파라이소

만식은 산티아고에서 차로 2시간 거리에 있는 칠레 제1의 오랜 항구도시 발파라이소를 찾았다. 그 바로 옆에 부촌으로 유명한 멋진 바닷가 휴양도시 비냐 델 마르에도 가 보았다. 발파라이소로 오는 도중에는 한 와이너리에 들렀다. 넓은 포도밭 사이사이로 올리브 나무들이 조화를 이루고 있었다. 포도와 올리브 모두 신이 인간에게 내려준 최고의 선물이었다.

와이너리의 전체 모습은 만식이 여러 번 들렀던 미국 나파밸리의 그것들과 크게 다르지 않았다. 건물 내부로 들어가 보니 각종 와인을 시음해볼 수 있는 공간이 있고, 그 너머로 이곳에서 생산하는 각종 와인들을 전시하고 있었다. 자세히 들여다보니 만식이 한국에서도 가끔 마시는 와인들도 있었다. 우연히 들른 곳이 친근한 와인의 생산지라는 사실이 신기했다.

만식은 한국에 있는 한 친구 생각을 했다. 건설회사에 다녔던 그 친구는 젊은 시절, 프랑스 건설현장에 몇 년 간 파견근무를 나갔다가 와인 마니아가 되었고, 끝내는 퇴직 후 와이너리의 길을 걸었다. 그가 들려준 와인 마니아들의 세계는 그야말로 '별유천지(別有天地)'였다. 지방출장이라도 갔다가 술집에 들러 생각지도 않은 명품 와인을 발견하면 아무리 한밤중이라도 꼭 교류하는 다른 마니아에게 전화를 넣어야만 직성이 풀린다는 것이었다.

"내가 오늘 밤 우연히 명문가의 격조 높은 여성을 만나 머리를 올리게 되었다네."

그 말이 무엇을 의미하는지 아는 다른 마니아는 자리를 박차고 일어나 그곳이 설령 부산일지라도 득달같이 달려 내려간다는 것이다. 심지어 기

와이너리(Winery) 포도주를 만드는 양조장 또는 제조자를 말한다. 불어로는 샤또(Château) 혹은 도멘(Domaine), 이탈리아로 Cantina(칸티나), 스페인어로 Bodega(보데가), 포르투갈어로 Adega(아데가), 독일어로 Anbaugebiet(안바우게비이트)로 표현한다.[11]

막힌 와인을 앞에 두고 "이런 여자가 내 앞에 나타나면 결혼까지 재고해볼 수 있다"느니 "난 이런 여자가 보따리를 싸자고 하면 내 모든 것을 걸수 있다"느니 서로 옥신각신하면서 설레발을 떤다는 것이다. 만식은 침을 튀기며 끊임없이 이야기를 늘어놓는 친구를 보면서 '별 미친…' 하면서 속으로 웃고 말았지만, 한편으로 생각해보면 이해 못할 바도 아니었다. 어찌 무엇 하나에라도 미치지 않고서야 이 한 세상 능히 버티고 살아나가겠는가.

발파라이소 역시 유네스코 세계문화유산으로 등재된 곳이다. 발디비아 장군이 1544년 이곳을 '산티아고의 바다 현관'이라고 정한 후 수세기 동안, 특히 파나마 운하가 개통되기 전까지는 남미에서 가장 바쁜 항구였다고 한다. 그러다보니 항구 주변의 선술집들에서는 옛 영화와 향수가 함께 묻어나오는 것 같았다. 만식의 입에서는 저절로 노래가 흘러나왔다.

목련꽃 그늘 아래서 베르테르의 편질 읽노라
구름꽃 피는 언덕에서 피리를 부노라
아~ 멀리 떠나와 이름 없는 항구에서 배를 타노라
돌아온 사월은 생명의 등불을 밝혀든다
빛나는 꿈의 계절아 눈물어린 무지개 계절아

때는 7월이었다.

네루다 집의 비둘기

발파라이소는 '천국과 같은 계곡'이라는 뜻이다. 항구를 둘러싼 마흔 개가 넘는 언덕 골목들 사이로 형형색색의 페인트칠을 한 낡은 집들이 빼곡히 들어서 있는 것이 인상적이었다. 만식은 100년도 넘은, 나무로 된 경사형 엘리베이터인 '아센소르'를 타고 콘셉시온 언덕에 올랐다. 콘셉시온 언덕에서는 항구와 언덕 위의 집들이 한 눈에 내려다보였다.

그중에는 노벨문학상을 받은 칠레 출신의 민중시인이자 외교관인 파블로 네루다(Pablo Neruda)의 집이 있었다. 이곳은 관광객들이 한번쯤 찾아보는 명소가 되었다. 네루다 집은 모두 세 채다. 만식은 산티아고의 산크리스토발 언덕 부근에 있는 네루다의 집을 이미 가보았다. 그곳에는 피노체트 군사 쿠데타군이 가택수색을 나왔을 때 남긴 네루다의 한마디 어록이 남아 있었다.

"당신들에게 위험한 것은 이 방에 하나밖에 없네. 그건 바로 '시(詩)'라네."

사랑이여, 우리는 이제 집으로 돌아간다

격자 위로 포도넝쿨이 기어오르는 곳

당신보다도 앞서 여름이 그

인동넝쿨을 타고 당신 침실에 도착할 것이다

우리 방랑생활의 키스들은 온 세상을 떠돌았다

아르메니아, 파낸 꿀 덩어리-

실론, 초록 비둘기-

그리고 오랜 참을성으로

낮과 밤을 분리해온 양자강

그리고 이제 우리는 돌아간다

내 사랑, 찰싹이는 바다를 건너

담벽을 향해 가는 두 마리 눈먼 새,

머나먼 봄의 둥지로 가는 그 새들처럼

사랑은 쉼 없이 항상 날 수 없으므로

우리의 삶은 담벽으로, 바다의 바위로 돌아간다

우리의 키스들도 그들의 집으로 돌아간다

-파블로 네루다 〈100편의 사랑 소네트 033〉 전문

네루다의 집 담장에는 우연히도 시에서처럼 두 마리의 비둘기가 앉아 있었다. 그 새들 역시 무엇엔가 눈이 멀었을까. 네루다 집을 나서 언덕길을 내려오던 만식은 지치고 힘이 들어 어느 가정집 앞에 잠시 주저앉았다. 그리고 저 멀리 태평양을 멍하니 바라보았다. 문득 만식이 좋아하는 김기림의 〈길〉이라는 시가 떠올랐다.

나의 소년 시절은 銀빛 바다가 엿보이는 그 긴 언덕길을 어머니의
喪輿와 함께 꼬부라져 돌아갔다.
내 첫사랑도 그 길 위에서 조약돌처럼 집었다가 조약돌처럼
잃어버렸다.
그래서 나는 푸른 하늘빛에 호저 때 없이 그 길을 넘어 江가로
내려갔다가도 노을에 함북 젖어서 돌아오곤 했다.
그 江가에는 봄이, 여름이, 가을이, 겨울이 나의 나이와 함께 여러
번 다녀갔다.
까마귀도 날아가고 두루미도 떠나간 다음에는 누런 모래 둔과
그리고 어두운 내 마음이 남아서 몸서리쳤다. 그런 날은 항용
감기를 만나서 돌아와 앓았다.
할아버지도 언제 난지를 모른다는 마을 밖 그 늙은 버드나무
밑에서 나는 지금도 돌아오지 않는 어머니, 돌아오지 않는
계집애, 돌아오지 않는 이야기가 돌아올 것만 같아 멍하니 기다려
본다. 그러면 어느새 어둠이 기어와서 내 뺨의 얼룩을 씻어준다.

태평양을 한참 쳐다보고 있으려니 마치 바다로 길이 난 것처럼 보였다. 대각선으로 비스듬하게 계속 가면 거의 지구 반대편에 만식의 고국의 있을 것이다. 만식은 그곳에서 일상을 살고 있을 많은 사람들의 얼굴을 떠올렸다.

'그들 중 몇이나 나를 기억하고 있을까. 프랑스의 화가 마리 로랑생은 '잊혀진 여인'이라는 제목으로 널리 알려진 그의 시에서 '죽음보다 더 불쌍한 것은 잊혀짐'이라고 했는데.'

만식은 사람들로부터 잊혀진다는 것이 얼마나 쓸쓸한 일인지를 새삼 깨달았다. 칠레의 네루다로부터 시작된 상념의 물결은 시(詩)를 넘고 길을 넘어 인연에 관한 단상으로 이어지고 있었다.

길은 사연을 남긴다. 거기엔 수많은 만남과 이별이 있다. 잊을 수 없는 사람이 있고, 잊을 수 없는 길이 있다. 사람도 길도 인연이 있다.

사랑이여, 나는 언제쯤 집으로 돌아갈 수 있는가.

못 가본 곳, 아쉬운 곳

다음날 브라질로 넘어가는 일정을 정리하다 문득 빼먹은 몇 군데가 떠올랐다. 중남미에서도 역시 길지 않은 시간 동안 알차게 돈다고 돌았지만 결국 가보지 못한 곳들이 있다. 그 중에서도 필수 코스들에 대해서는 아쉬움이 크다. 페루의 나스카와 볼리비아의 라파스, 티티카카 호수, 우유니 소금사막 그리고 칠레의 푼타아레나스가 그곳이다.

나스카는 공중에서 내려다보면 마치 우주인이 남긴 듯한 기기묘묘한 형상들이 땅 위에 그려져 있는 곳이다. 하지만 그곳에 가려면 이틀 정도의 시간과 경비행기를 타는 별도 경비가 필요했기 때문에 포기했다.

쿠스코에서 리마를 가기 전쯤에 볼리비아로 넘어가서 수도 라파스와 티티카카 호수, 우유니 소금사막을 보는 것도 어쩌면 필수 코스 중 하나이다. 하지만 가려던 계획을 접어야 했다. 다른 남미 국가들과는 달리 볼리비아는 입국이 까다로웠다. 비자와 말라리아 접종 증명이 필요했던 것이다. 포기할 수밖에 없었다.

푼타아레나스는 남극으로 가기 위한 전초 기지로 추위가 보통이 아니다. 그곳에 가려면 이틀 정도의 별도 항공 스케줄을 잡아야 하는데다 두꺼운 방한복도 준비해야 한다. 얇은 옷 위주로 짐이 단출해야 하는 여행자에게 그런 겨울외투는 큰 방해거리가 된다. 그래서 그쪽 빙하지역도 종주 대상에서 빼게 된 것이다.

'만약 이곳들까지 다녀왔으면 중남미는 거의 마스터하는 거였는데…'

두고두고 미련이 남는 대목이 아닐 수 없었다.

브라질

상파울루, 리우데자네이루

그녀가 지나가면 그는 웃지만
그녀는 보지 않지요.
그녀는 보지 않지요.

브라질 첫인상

만식은 또다시 안데스를 넘었다. 이번 여행에서만 세 번째다. 남미대륙 서쪽에서 동쪽으로 갔다가 다시 서쪽으로 갔다가 다시 동쪽으로 가는 것이다. 태평양에서 대서양으로 갔다 왔다가, 다시 대서양이다. 남미 국가들 중에서 비교적 잘 알려진 나라, 축구로 유명한 나라, 브라질을 방문할 차례다. 브라질에서는 마침 월드컵이 열리고 있었다.

브라질은 남미대륙에서 면적이 제일 넓은 나라로 남미대륙의 거의 절반을 차지한다. 수도는 브라질리아이고, 상파울루, 리우데자네이루, 살바돌 같은 주요 도시가 있다. 인구분포를 보면 백인이 거의 절반(55%)이고, 백인과 흑인의 혼혈인 물라토(38%)와 흑인(6%)이 나머지 대부분을 차지하고 있다.

브라질은 스페인 식민지였던 다른 중남미 국가들과 달리 포르투갈 식민지였다. 1807년 나폴레옹의 포르투갈 침공으로 포르투갈 왕실이 브라질로 피신했는데, 그 뒤 포르투갈로 돌아갈 수 없게 된 페드로 황태자가 독립을 선언함으로써 1822년 독립국이 되었다고 한다. 그래서 브라질은 남미에서 유일하게 포르투갈어를 쓰고 있다.

스페인어도 생소한 만식이로서는 포르투갈어를 해야 하니 브라질 여행은 이중으로 힘이 들었다. 예를 들어 흔히 알고 있는 '리우데자네이루('1월의 강'이라는 뜻)'도 브라질 말로는 '히우지자네이루'라고 해야 하고, 축구선수 'Ronaldo'도 '호나우드'라고 해야 알아들었다. 만식은 '오브리가도(감사합니다)'라는 말을 입에 달고 다녔다. 웃으며 고맙다는 사람을 누가 싫어하겠는가.

하지만 브라질의 첫인상부터 좋지 않았다. 파라과이에서 브라질 국적기로 갈아탔는데 바로 앞좌석에 브라질 여권을 가신 젊은 남녀가 앉았다. 저가 항공기였던 터라 그리 크지 않은 비행기였다. 당연히 좌석 사이의 거리도 촘촘했다. 이런 경우는 통상 좌석을 뒤로 젖히지 않는 것이 예의다. 더욱이 비행시간이 1시간 반 밖에 안 되기 때문에 그 정도 불편은 서로 감수하는 게 국제적인 에티켓이다.

그런데 두 사람은 좌석 등받이를 있는 대로 뒤로 젖혔다. 비행기가 이륙하기 위해 이제 막 활주로를 달리기 시작한 상황이었다. 그러더니 만식의 바로 코앞에서 진한 애정행각을 벌이는 것이 아닌가. 여자아이의 머리카락은 의자 뒤에까지 넘어와서 거의 만식의 얼굴을 스칠 듯했다. 만식은 한바탕 호통을 치고 싶었지만 나지막하게 뇌까릴 수밖에 없었다. 순간 그 소리를 들었는지 앞좌석의 사내 녀석이 뒤를 힐끗 돌아보더니 조금 자제하는 듯했다.

만식은 그 사내 녀석의 얼굴을 가만히 뜯어보았다. 짧은 밤톨 머리에 동그랗고 깊은 눈, 긴 속눈썹, 그리고 두꺼운 입술. 자신보다 못한 사람은 무시하고, 강자에겐 약하고, 제 것은 탐욕스럽게 챙기려할 것 같은 인상이었다. 만식은 그런 얼굴을 여러 번 본 적이 있다. 역시 사람 사이에는 궁합이란 것이 분명 존재하는 모양이다. 만식과 상극의 인간임에 틀림없었다.

피부색, 언어, 문화와 관계없이 사람 사는 세상에는 반드시 궁합이 있다고 생각한다. 생면부지의 외국인인데도 첫 만남부터 서로 호감이 가는 사람이 있는가 하면, 시작부터 뭔가가 맞지 않다 싶은 상대가 있다. 그런 사람과는 끝까지 성가시고 짜증나는 일이 생기는 경우가 많다.

외국인과도 이럴진대 늘 부대끼며 사는 같은 민족끼리는 더욱 그런 것 같다. 좋은 인연, 악연은 반드시 있는 법이다. 좋은 인연들을 만나서 잘해주기도 바쁜 세상인데, 만나면 서로 불편한 악연들과 함께하는 것은 시간 낭비가 아닌가. 그런데 문제는 피하고 싶고 안 만나고 싶음에도 불구하고 악연들이 자꾸 달라붙고 꼬인다는 것이다. 그렇다면 이에 대처할 방법은. 그런 사람들을 가능한 피해갈 수밖에 없다.

브라질 월드컵의 대참사

흔히 사람들은 상파울루를 브라질의 수도로 오인하기도 한다. 만식도 그런 줄 알았다. 그러나 수도는 브라질리아이다. 상파울루는 멕시코시티나 도쿄에 이어 세계에서 세 번째로 큰 규모의 도시라고 한다. 브라질 경제와 문화의 중심지라고 할 수 있다. 도시가 워낙 크고 오래되다 보니까 인종도 다양하고 길거리에 걸인이나 노숙자들도 많아 여행자들에게는 위험한 도시로 알려져 있다. 월드컵 준결승전이 열리는 날 이곳에 도착한 만식은 센트로 지역의 험악한 분위기에 잠시 겁을 먹기도 했다. 아직도 치안이 그리 좋지 못한 도시인 것은 틀림이 없는 것 같았다.

사실 자국에서 열린 월드컵 대회에서 독일과 치룬 준결승전은 브라질로서는 일대 참사였다. 자신만만하던 브라질 팀은 자국은 물론 세계 축구사에도 유례가 없는 기록들을 이날 한꺼번에 쏟아냈다.

1. 월드컵 준결승 역사상 최다 점수차(1-7)
2. 브라질, A매치 최다 점수차 패배 타이(1920년 대 우루과이 0-6패)

3. 브라질, 홈경기 최다 점수차 패배(종전 1939년 아르헨티나 1-5패)

4. 브라질, 홈경기 무패행진 마감(63경기 무패)

5. 독일, 결승진출 8회로 브라질을 제침

6. 독일, 월드컵 통산 최다골 국가 등극(223골, 종전 브라질 221골)

축구 최강국을 자처하던 브라질의 자존심은 일순간에 무너졌다. 충격을 넘어 비탄에 빠진 브라질 국민들의 모습을 전하며 한 신문은 '아마존의 눈물'이라는 제목을 달았다. 이러니 브라질 전체가 흉흉할 수밖에 없는 것은 너무나 당연한 일. 그러나 어쩌겠는가. 짧은 인생사에서도 이런 대 변고는 꼭 한 번씩 일어나는 법이니.

거리 곳곳을 장식한 월드컵 관련 벽화들을 둘러보던 만식은 한 장면 앞에서 실소를 금치 못했다. 브라질 월드컵에서 '핵이빨'로 명성(?)을 떨친 우루과이 수아레스 선수가 이빨을 드러내며 포효하는 장면이었다. 아마도 브라질 월드컵은 브라질의 대패와 함께 '핵이빨 수아레스'의 악행으로 축구팬들의 뇌리에 오래도록 기억되어 남을 것이다.

만식은 천천히 센트로 지역을 걸어 다녔다. 우선 대성당을 중심으로 앞쪽에 쎄(ce) 광장이 있었다. 광장에는 이 도시를 처음 만들 때 기준점이 된 표식비가 서 있다. 광장에서 조금 걸어나와 '11월15일거리'를 지나니 빠드레 안시에따 박물관과 알찌노 아란찌스 빌딩이 나왔다. 알찌노 아

높이 161미터, 35층의 알찌노 아란찌스 빌딩은 브라질 최초의 고층 빌딩
으로 1939년에 짓기 시작해 1947년에 완성되었다. 엘리베이터로 올라갈
수 있는 최고층인 34층에는 건축 당시 사진과 사용했던 물건들이 전시되
어 있는데, 그 중 여성의 가슴을 닮은 전화기가 눈길을 끌었다. 저 전화
기를 통해 어떤 통화가 오고갔을까.

란찌스 빌딩은 미국 맨해튼의 엠파이어스테이트 빌딩처럼 생겼는데 무료로 꼭대기까지 올라갈 수 있었다. 오랜 시간 줄을 서서 기다리는 동안 짜증이 나기도 했지만 일단 전망대에 올라서서 시내를 내려다보니 기다린 시간이 하나도 아깝지 않았다.

만식은 부근에 있는 성 벤뚜 성당에도 가 보았다. 계속 걸어내려 가니 헤뿌블리카 광장도 나왔다. 빠올리스타 대로에는 외국항공사와, 대기업, 각국 외교공관들이 모여 있었다. 이곳에는 또 금융회사들도 많아서 마치 미국 맨해튼의 월스트리트를 연상케 했다. 버스를 타고 독사나 독거미, 전갈 같은 유독 생물의 혈청과 백신을 연구하는 '부딴딴 독사연구소'에도 가 보았다. 어느 대학 부근에 자리 잡고 있는 이 연구소에는 마치 뱀 박물관처럼 온갖 종류의 뱀들이 유리벽 너머에서 꿈틀거리고 있었다. 미생물들을 연구하는 시설들도 갖추고 있었다.

라틴아메리카 기념관에도 잠깐 들렀다. 상파울루 동물원은 시간이 없어 못 가보고 대신 이비라뿌에라 공원을 둘러보았다. 뉴욕 맨해튼의 센트럴 파크처럼 도심공원으로 시민들의 휴식처와 다름없었다. 방대한 면적에 근현대 미술관과 항공박물관 등 볼거리를 갖추고 있었다. 만식이 찾은 날은 마침 비가 내려 공원 풍경이 운치가 있었다. 사람 없는 공원을 혼자 무작정 걸어 다녔다. 비에 떨어진 꽃잎들이 우리의 봄날 풍경을 연상시켰다.

가야 할 때가 언제인가를
분명히 알고 가는 이의
뒷모습은 얼마나 아름다운가

봄 한철
격정을 인내한
나의 사랑은 지고 있다

분분한 낙화(落花)
결별이 이룩하는 축복에 싸여
지금은 가야 할 때

무성한 녹음과 그리고
머지않아 열매 맺는
가을을 향하여

나의 청춘은 꽃답게 죽는다

헤어지자
섬세한 손길을 흔들며
하롱하롱 꽃잎이 지는 어느 날

나의 사랑, 나의 결별
샘터에 물고이듯 성숙하는
내 영혼의 슬픈 눈

-이형기 〈낙화〉 전문

중앙시장에서는 약간의 해프닝이 있었다. 상파울루 중앙시장은 과일 천국으로 유명하다. 브라질 현지인들은 물론이고 외국 관광객들로 무척 북적였다. 만식은 외국에 가면 종종 시장에서 과일을 사서 호텔방에서 먹곤 한다. 값도 싸고 맛있고, 부족해진 비타민까지 보충할 수 있기 때문이다. 그래서 이번에도 시장에서 싱싱한 과일을 몇 개 골랐다. 하지만 과일 가게 주인이 바가지를 씌우는 바람에 결국 과일 사는 것을 포기했다. 복숭아 1개, 딸기 10알, 그리고 주먹 크기의 열대과일 1개에 60달러라니! 만식은 막판에 냉정하게 구매를 거절하고 돌아서 나왔다.

외국 여행을 하면서 침착하고 냉정하게 대처해야 할 필요가 있을 때는 반드시 그렇게 해야 한다. 언어가 안 통한다고, 부끄러워서, 귀찮아서, 할 말을 못하고 할 일을 방기해서는 안 된다. 그랬다간 이른바 '봉'이 되기 십상이고, 나중에 다른 여행객들에게도 피해를 주게 된다.

상파울루에서 빠뜨리면 안 될 곳이 한 군데 더 있다. 바로 한국인 거리인 '봉 헤찌로'다. 이곳은 한국 교포들의 옷가게와 식당들이 밀집한 지역으로 상파울루 시민들도 즐겨 찾는 '패션 1번지'다. 만식은 이곳에 가자마자 한국식당부터 찾았다. 김치찌개를 먹고 오랜만에 속을 달랠 수 있었다. 이곳 말고도 대성당 부근 '리베르다지' 지역에 동양인 거리가 있는데, 이 지역은 한국인보다 일본인과 중국인들이 먼저 터를 잡은 곳이다.

자연이 빚어낸 걸작

　남미에서 마지막 방문지는 리우데자네이루였다. 코파카바나 해변과 산 위의 커다란 예수상으로 유명한 곳이다. 전 세계인들이 리우를 들렀다 하면 거의 대부분 '인증 샷'을 찍는 곳이다. 리우데자네이루는 흔히 '3S 의 도시'라고들 한다. 'Sand, Sun, Sea'가 그것이다. 코파카바나 해변과 그 옆 이파네마 해변의 하얀 모래, 뜨거운 태양, 부서지는 파도가 리우데 자네이루를 낭만과 정열의 도시로 만들고 있다. 그 중에서도 인근 '코르 코바도(Corcovado) 언덕'의 예수상(Cristo Redentor, 크리스토 헤덴 토)과 '빵 지 아수카르(Pao de Acucar)' 봉우리가 장관이다.

　코르코바도 예수상은 높이가 38m, 양팔 너비가 28m나 되는 거대한 조각상으로 690m 높이 언덕 위에 서있다. 브라질을 상징하는 영화나 그 림, 동영상 등에 자주 등장한다. 1931년 브라질 독립 100주년을 기념하기 위해 만들었다고 한다. 예수상이 있는 언덕에서 아래를 바라보면 리우의 시내 경관이 한눈에 들어올 뿐만 아니라 코파카바나 해변과 이파네마 해 변까지 감상할 수 있다.

이곳은 날씨가 변덕스럽지만 항상 관광객들이 발 디딜 틈이 없을 정도로 붐빈다. 예수상 바로 아래에서 예수상과 똑같이 팔을 벌린 자세로 사진을 찍는가 하면, 바닥에 누워서 예수상 전체가 나오게 사진을 찍는 광경도 자주 볼 수 있었다. 만식은 스마트폰을 바닥에 놓고 '셀카' 자동 셔터 모드로 조정해 멋진 작품 사진 한 장을 남겼다.

빵 지 아수카르는 '슈가 빵' 즉, 설탕 빵처럼 생겼다고 해서 붙은 이름이다. 바다 위로 솟아 오른 듯한 커다란 바위산이다. 이곳은 케이블카를 두 번 갈아타고 올라간다. 정상에서는 코파카바나 해변은 물론 리우데자네이루 시가지와 멀리 코르코바도 언덕의 예수상을 볼 수가 있다. 만식은 한참 줄을 선 뒤 오후 늦게 올라갔는데 기다린 보람이 있었다. 과연 장관이었다. 리우데자네이루의 북쪽 센트로 지역과 공항, 요트 정박장이 한눈에 들어왔다. 멀리 산 위의 예수상도 보였다. 남쪽으로는 코파카바나 해변과 그 너머 뾰족한 봉우리가 한 폭의 그림처럼 펼쳐져 있었다.

멋진 광경에 빠져있는 동안 해가 지기 시작했다. 금세 주위가 어두워지는가 싶더니 멀리 예수상이 있는 산 위로 구름이 일었다. 어느새 코르코바도 예수상이 하얗게 빛나기 시작했다.

어둑한 저녁, 하늘의 구름 위에 떠있는 하얀 예수상!

어두워지면 예수상 전체에 밝은 조명을 비추기 때문에 일어난 환상적인 광경이었다. 거기에 구름까지 협조했다. 일부러는 도저히 흉내조차 낼 수 없는, 자연만이 만들어낼 수 있는 위대한 장면이었다.

멋진 풍경들이 많지만 자연이 만들어낸 장면만큼 걸작은 없다.
그것은 목격한 사람에게만 내린 축복이다.
그 날, 그 순간, 그 자리에 있었기에 가능한 기적이다.

해변의 추억

리우데자네이루는 세계적인 관광휴양지로 코파카바나 해변으로 더 잘 알려져 있다. 활처럼 완만하게 굽은 약 5km의 백사장에는 희고 검은 모자이크 모양으로 치장한 산책길을 따라 고급 호텔과 아파트 등이 늘어서 있다. 또 동서쪽 거리에는 상점, 나이트클럽과 바, 극장 등이 줄지어 늘어서 있고, 1년 내내 세계 각지에서 몰려드는 관광객들로 북적거린다. 특히 삼바 카니발이 열리는 2월에 관광은 절정을 이룬다. 이웃한 이파네마 해변은 안토니오 카를로스 조빔이 작곡한 명곡 〈이파네마에서 온 소녀 (Garota de Ipanema)〉로도 유명하다.

1962년, 보사노바 뮤지션인 조빔은 작사가 모라에스와 함께 이파네마 해변에서 뮤지컬에 쓰일 노래를 만들고 있었다. 그때 해안에 자주 놀러오던 아름다운 열다섯 살의 소녀 엘로이사가 그들의 마음을 사로잡았다. 그리고 전설의 명곡 〈이파네마에서 온 소녀〉가 태어났다. 모라에스는 그 곡이 태어나던 때를 떠올리며 말한다.

"소녀는 황금빛 십대, 꽃과 인어의 혼합물, 빛과 우아함으로 가득 차 있다. 그러나 또한 슬픈 모습이다. 소녀는 스스로를 바다로 향한 길로 데리고 간다. 사라져가는 젊음의 감각, 절대 소유할 수 없는 아름다움. 그것은 끝없는 조수 속에서, 아름다움과 우울함을 함께 품고 있는 삶의 선물이다."

이 곡이 발표된 후 엘로이사는 모델로 인기를 모았고, 1987년 브라질판 〈플레이보이〉 잡지에 등장하기까지 했다. 2003년에는 딸과 함께 다시 그 잡지에 등장해 여전한 몸매를 뽐내기도 했다. 그녀는 아예 이파네마 해안에 노래 제목을 그대로 가져온 의류 부티크 숍을 오픈하고 '이파네마에서 온 소녀' 티셔츠를 팔았다. 조빔과 모라에스는 이를 금지하기 위해 소송을 걸었지만 결국 지고 말았다.[12]

아! 왜 난 이렇게 혼자일까

아! 왜 모든 것은 이렇게 슬픈 걸까

아! 존재하는 아름다움

내 것만은 아닌 아름다움

그리고 혼자 지나치네

오! 그러나 그는 슬프게 바라보고 있지요

어떻게 그가 그녀에게 사랑한다 말할 수 있지요

그래요, 그는 그의 마음을 그녀에게 줄 수도 있는데

하지만 매일 그녀는 바닷가로 걸어가지만

앞만을 보고 그를 보지 않지요

늘씬하고 까무잡잡하며 젊고 사랑스러운

이파네마 아가씨가 걷습니다

그녀가 지나가면 그는 웃지만

그녀는 보지 않지요

그녀는 보지 않지요

만식은 씁쓸한 뒷맛을 남기는 〈이파네마에서 온 소녀〉보다는 '사월과 오월'이 부르는 〈바다의 여인〉이 해변의 추억과는 훨씬 더 어울린다는 생각을 했다. 비록 이국의 바닷가이기는 하지만 그 노래는 만식을 오래 전

어떤 기억의 바다로 이끌었다. 그 바닷가에서 만났던 여인은 누구였던가.

바닷가에서 우연히 만난 사람
바닷가에서 추억을 맺은 사람
손잡고 해변을 단둘이 거닐며
파도 소리 들으며 사랑을 약속했던
그러나 부서진 파도처럼
쓸쓸한 추억만 남기고 가버린
바다의 여인아

이파네마 해변은 서쪽 끝에 '두 형제'라는 의미를 지닌 2개의 산봉우리가 솟아 있으며, 해안가에는 고급주택가가 형성되어 있다. 해변에는 브라질에서 생성된 축구와 배구가 결합된 풋발리(Footvolley)와 비치발리, 라켓볼 등을 즐기는 사람들이 가득하고, 초록빛 물결을 타고 윈드서핑을 즐기는 사람도 많았다. '게이비치'라고 불리는 지역도 있었다. 이곳은 동성애자들에게 우호적인 곳으로 알려져 있으며, 하늘에는 '무지개 깃발(rainbow flag)'이 떠 있었다.

최대 위기, 여권과 돈을 몽땅 분실하다

산상에서 멋진 장면과 조우하고 나서야 만식은 비로소 기분이 좋아졌다. 중남미 여행의 마지막 기착지 리우데자네이루에 온 이후 내내 불안하고 초조했던 마음이 이제 진정되었다. 사실 전날 리우데자네이루에 도착하자마자 무사히 여행을 마치는 것을 시샘이라도 하듯 연이어 사건이 터졌다.

만식은 상파울루에서 리우데자네이루까지 야간 버스를 타고 왔기 때문에 리우데자네이루에서의 마지막 밤은 제법 괜찮은 호텔을 예약했다. 월드컵 결승전을 바로 앞둔 시기라 빈 방을 찾기 어려웠고 있더라도 무척 비쌌다. 그런데도 만식은 여행을 출발하기 직전인 한 달 전쯤 인터넷으로 호텔 한 곳을 예약할 수 있었다. 급히 서둘렀는데도 불구하고 저렴하게 방을 잡았다고 좋아했었다.

그러나 막상 호텔에 와서 보니 아무런 예약 기록이 없었다. 경위를 알아보니 만식의 실수였다. 한 달 전쯤 인터넷을 통해 그 날짜라고 생각하며 예약을 한 것은 맞았다. 하지만 급하게 예약을 서두르다보니 인터넷을 검색하던 바로 그 날을 투숙하는 날로 잘못 입력했던 것이다. 당일에 호텔에 나타나지 않았으니(No Show) 호텔비만 신용카드에서 결제되고 말았다. 한 달여 중남미를 오가는 일정을 단 며칠 만에 뚝딱 짠 것까지는 좋았으나 결국 100% 완벽하지는 못했음이 드러났다. 옥에 티였다.

만식이 통 사정을 했으나 소용이 없었다. 빈 방이 있긴 했으나 하룻밤에 1,000달러 가까이 했다. 이 가격에 투숙했다간 나 홀로 여행의 취지가 무색해질 판이었다. 하는 수 없이 다른 호텔을 찾아 거리를 헤매기 시작했다. 거리에는 비까지 내려 더 힘들었다. 겨우 찾은 곳은 여러 명이 함께 쓰는 기숙사 형태의 싼 숙소였다. 2층 침대 4개, 1층 침대 4개가 있어 12명이 함께 쓰는 방이었다. 화장실과 세면장은 당연히 공용이었다. 만식을 제외한 11명이 모두 젊은 대학생처럼 보였다. 그 중 여성도 3명이 있었다.

눈치가 좀 보이긴 했지만 젊은이들과 자연스럽게 인사를 나눈 뒤 구석 침대에 자리를 잡았다. 홑겹의 침대보와 덮는 천은 숙소에서 제공했지만 수건은 따로 주지 않았다. 당장 그 밤에 어디 가서 수건을 구한단 말인가. 궁리 끝에 근처 마켓에 가서 수건 대용으로 쓸 만한 것을 찾아보았다. 다행히 큰 천 조각이 눈에 띄었다. 행주였다. 만식은 간단하게나마 샤워를 한 후 행주를 펴서 머리와 몸을 닦았다. 생각보다 잘 닦였다. 이가 없으면 잇몸으로 버틴다고 했던가. 인간의 적응 능력이 새삼 신기했다. 거기까지만 해도 잘 넘어갔다. 제대로 된 사건은 그 이후에 벌어졌다.

비록 미지근한 물이었지만 샤워까지 마친 후 한 숨 돌리고 생각해보니 이제껏 저녁을 굶고 있었다. 시간도 제법 늦어 식당을 찾아가기엔 좀 무리였다. 하는 수 없이 햄버거나 하나 먹어야겠다 싶어 다시 숙소를 나섰다. 보통 호텔이었으면 여권 가방을 그냥 방에 두고 나왔을 텐데 여러 명이 함께 쓰는 숙소다 보니 마땅히 보관할 곳이 없어서 여권 가방을 손에 들고 나왔다. 여권수첩에는 만일에 대비해 비상금도 넣어두었었다.

개똥도 약에 쓰려면 없다고 했던가. 그 흔한 햄버거 가게가 리우데자네이루에는, 그리고 그 밤에는 눈에 잘 띄지 않았다. 지하철까지 타고 몇 정거장을 가서야 겨우 햄버거 가게 하나를 찾았다. 햄버거가 구세주처럼 보이고 입에 침이 고일 정도로 반가웠다. 만식은 햄버거를 급하게 먹고는 든든해진 배를 두드렸다. 그리고는 기분 좋게 일어서서 식당을 나왔다. 왔던 길을 되돌아 다시 지하철을 탔을 때, 만식은 뭔가 허전함을 느꼈다.

'어라? 빈손이 아니었던 것 같은데? 우산? 아니야, 비가 그친 후에 나왔잖아? 그럼, 뭐지?'

그때서야 여권이 들어있는 작은 가방을 햄버거 가게에 놓고 온 것이 기억났다. '밤에 잠깐 나왔으려니', '다른 도시에서처럼 몸만 잠깐 나왔으려니'하고 방심했던 모양이다. 하늘이 노래졌다. 쿠바에 이어 칠레 호텔에서까지 두 번씩이나 칫솔치약 세트를 놓고 온 것은 말할 것도 없고, 에콰도르 키토에서 차에 가방을 두고 내린 것이나 페루 호텔에서 모자를 잃어버린 것과도 비교를 할 수가 없었다. 13년 전 아프간 전쟁 때 카불에서 여권과 모든 소지품이 들어있는 가방을 택시에 놓고 내렸던 순간이 스쳐갔다.

"큰일 났다" 정도가 아니었다. 만식의 입에서 신음처럼 외마디 소리가 터져 나왔다.

"조졌다!"

심장 박동 최대, 아드레날린 분비 최대인 상태로 서둘러 반대편 지하철로 갈아탔다.

'치매도 아니고, 건망증도 아닐진대 어떻게 이런 일이.'

만식은 지하철에서 내려 햄버거 가게로 뛰어갔다. 가방이 없어졌을 가능성이 거의 100%라고 생각했다. 사람이 죽기 직전에는 그동안 살아왔던 모든 순간들이 떠오른다고 했던가. 혼비백산해서 뛰어가는 만식의 머릿속에는 별의별 생각이 다 지나갔다. 여행을 시작하던 순간, 즐겁고 행

복했던 순간, 모자를 잃어버렸던 순간, 서울에서 취직 거절 소식이 들려왔던 순간, 그리고 쓸쓸하게 귀국하는 자신의 미래 모습까지.

한편으로는 이런 사건이 여행을 마칠 무렵 생긴 것이 그나마 다행이라는 생각도 들었다. 사실 리우데자네이루가 여행의 마지막 기착지는 아니었다. 귀국길에 미국 뉴욕을 들러(어차피 지나가야할 경유지였다) 마지막 마무리를 할 참이었다. 어떡해서든 임시여권이라도 만들어 귀국을 할 수는 있을 듯했다. 하지만 유종의 미를 거두지 못하고 막판에 큰 낭패를 봤으니 여행의 의미가 퇴색할 수밖에 없었다.

만식은 그런 생각을 하며 가게로 뛰어 들어갔다. 곧바로 자신이 앉았던 구석자리를 쳐다보았다. 아무도 없이 텅 비어있었다. 직원들이 무슨 일인가 하며 눈을 동그랗게 뜨고 만식의 행동을 지켜봤다.

있다!

"휴~!"

만식은 가슴을 쓸어내렸다. 보고 있던 직원들이 빙그레 웃었다.

가방은 구석자리 한 쪽에 그대로 있었다. 만식이 식사 후 쟁반을 들고 좌석을 뜬 이후 그때까지 20여분 동안 다른 손님도 직원들도 그 근처에 가지 않았던 것이다.

가지 못한 나라, 볼리비아

가보지 못해 아쉬움을 남긴 곳도 있지만 중남미 여행에서 아예 발을 들여놓지 못한 나라도 있다. 바로 볼리비아다. 그나마 멕시코는 20년 전 멕시코시티를 방문한 적이 있었고, 이번 여행에서도 쿠바에 들어가기 직전 캔쿤에서 하루를 머물렀다. 나머지 볼리비아만 여행을 했더라면 그런대로 중남미 일주가 완성될 뻔했는데 아쉬울 따름이다. 하지만 가고 싶은 마음만 있다면 언제든 못 가겠는가. 오히려 마음 한구석에 언젠가의 바람으로 남겨놓는 것이 더 좋을지도 모른다. 여행에 어찌 끝이 있겠는가.

멕시코는 대한민국의 20배에 달하는 면적을 지닌 나라여서 짧은 일정에 소화하려면 무엇보다 효율적인 일정을 짜는 것이 중요하다. 만식의 일정을 따른다면 쿠바 아바나로 들어가기 전 멕시코의 핵심 지역들을 둘러보고 캔쿤에서 쿠바 행 비행기를 타면 된다. 멕시코시티는 역사 유적 등이 풍부하고, 멕시코 원주민들이 가장 많이 살고 있는 오아하카는 특유의 볼거리와 함께 치즈 등 먹을거리가 유명하다. 캔쿤은 카리브 해의 푸른 바다를 마음껏 즐길 수 있는 매력적인 휴양지다.

볼리비아는 앞에서 이야기한 우유니 소금사막과 티티카카 호수 외에도 루레나바케가 유명하다. 이곳은 태고의 신비를 간직한 아마존 유역지대다. 만식에게 볼리비아 하면 떠오르는 인상은 '가난과 고난'이었다. 어느 여행 책에서 본 라파스 거리의 'Shoe-Shine Boy(구두닦이 소년)'들 때문이기도 하지만 학창시절 읽었던 권일송 시인의 시 〈볼리비아의 기수(旗手)〉의 한 구절이 워낙 강렬한 인상으로 남아있는 탓이기도 했다. 1964년 도쿄올림픽에 단독 참가한 볼리비아 선수가 홀로 국기를 들고 입장하는 장면을 보고 읊은 시로, 고난의 역사 속에 가난에 시달리는 한 나라의 비애를 절절하게 느끼게 했다.

수풀 같은 행진 속에
단 한 사람
볼리비아의 선수가
가난한 제 나라의 국기를 붙안으며
걸어들어 왔을 때,
그의 좁은 어깨 위에
조국과 깃발이 홀로 빛날 때,
……
당신은 조용히 울고 있었다

중남미에서
숨은 그림 찾기

아메리카, 아메리카

When I find myself in times of trouble, Mother
Mary comes to me, Speaking words of
wisdom, Let it be!

United States
of America

귀국길, 미국으로

　만식은 이제 중남미 여행을 끝내고 미국을 경유한 귀국길에 올랐다.

　뉴욕 맨해튼. 그곳에도 작은 성당이 있었다. 만식은 그동안 남미를 돌며 숱한 성당들을 보았던 터라 미국의 성당이라고 특별할 건 없다고 생각했다. 하지만 맨해튼의 그 작은 성당 안에는 9.11테러를 추모하는 성상(聖像)도 있었고, 한국에서 순교한 카톨릭 성인(聖人)인 김대건 신부의 성상도 있어 눈길을 끌었다. 김대건 안드레아의 성상은 작고 소박했지만 자본주의의 상징 맨해튼 성당에서 그 모습은 더욱 가치가 있어 보였다.

　여행을 끝내는 이제는 급할 일이 없었다. 마지막 기착지도 세계 최고의 국제도시 뉴욕이다. 오랜 여행을 마친 만식은 그렇게 성당과 센트럴파크 같은 곳을 천천히 돌며 곰곰이 생각해 보았다.

　혼자 중남미 여러 곳을 찾아다닌 한 달여의 시간들이 주마등처럼 스쳐 갔다. 처음 미국과 멕시코 캔쿤을 거쳐 쿠바로 들어가던 때만 해도 '과연

이 여행을 무사히 끝마칠 수 있을까?' 걱정투성이었다. 여러 나라를 거치면서 계획대로 여행을 꾸려나가고, 예상치 못한 상황도 잘 해결하면서 여기까지 왔다. 뿌듯한 기분이 들었다.

한 나라에서 일정을 마치면 그에 관해 준비해왔던 자료들은 즉시 폐기했다. 이는 만식의 여행 멘토인 김민주 교수한테 배운 것이다. 짐을 줄이기 위한 방편이기도 했지만 준비해온 자료를 하나씩 털어버릴 때는 주어진 미션을 하나씩 완수한 것 같은 홀가분함을 느꼈다.

그럼에도 불구하고 만식은 자신이 품었던 근본적인 질문들에 대해서는 여전히 답을 구하지 못한 상태였다.

'인간은 왜 불평등하게 태어나는지. 삶은 또 왜 그리 불공평한지. 왜 자신에게만 불행한 일이 일어나는지. 왜 못된 인간들은 득세를 하는 반면 착한 사람들은 핍박을 받는지. 왜 불행과 절망에는 끝이 없는지.'

그런데 만식이 센트럴 파크에서 콜럼버스 동상을 보는 순간 갑자기 깨달음을 얻었다. 마치 김성한의 소설 〈방황〉에서 주인공 홍만식이 남산의 소나무를 껴안고 대오각성을 한 것과도 같았다.

만식은 지도도 없이 센트럴 파크를 찾았다. 한참을 걷다 보니 도무지 어디가 어딘지 알 수가 없었다. 몇 차례 와봤던 곳이라 호수며 조깅코스며 대충 기억이 날 줄 알았다. 그러나 센트럴 파크는 웬만한 도시의 공원이 아니었다. 대충 들어갔다가는 길을 잃기 십상이다. 만식은 그렇게 공원을 헤매다 우연히 동상 하나를 발견했는데, 이름을 확인해보니 콜럼버스였다. 방금 다녀온 남미 대륙을 발견한 바로 그 콜럼버스.

지난 한 달여 동안 보고 들었던 많은 기억들이 한꺼번에 되살아났다. 잉카 제국의 마지막 왕 아타우알파와 스페인 정복자 프란시스코 피사로, 원주민 인디오들(이 대륙이 원래 콜럼버스가 생각했던 인도가 아닌데 원주민들은 지금까지도 인디오로 불린다), 다양한 혼혈들…. 그들을 그 대륙의 비극적 역사와 운명 속에 끼워 넣어보았다.

170명이 채 안 되는 병력을 이끌고 들어와 잉카 제국을 무너뜨렸다는 이야기. 자기 키 만큼 황금으로 방을 가득 채워줬다는 이야기. 그리고 지금도 남미대륙 어딘가에 잃어버린 황금이 묻혀있다는 이야기. 원주민들이 정복자들에게 저항하다 죽고, 나머지는 정복자들이 달고 온 전염병으로 다 죽었다는 이야기. 부족한 노동력을 해소하기 위해 아프리

카에서 흑인 노예들을 대거 데려왔다는 이야기. 태양신과 아포칼립스(Apocalypse, 종말), 그리고 가톨릭의 전파….

만식은 그런 역사와 전설과 이야기들을 떠올리다가 문득 간단명료한 한 줄 답이 떠올랐다. 그것은 '세상은 공평하다'는 것이었다. 콜럼버스와 남미, 그리고 인간 세상의 공평함이 대체 무슨 연관이 있는지는 만식도 알 수가 없었다. 논리적 개연성은 더더욱 없어 보였다. 평소 삶을 바라보는 만식의 근본 철학이 그 명제이기 때문일까.

한 가지 분명한 것은 있었다. 남미 원주민들에게 콜럼버스의 신대륙 발견과 정복자들의 등장은 천지개벽이나 다름없었다. 이전 세상의 종말이고 새로운 세상의 시작이었다. 원주민들은 저항하다 죽고, 전염병으로도 죽었다. 메스티소(스페인계 백인과 인디오와의 혼혈)로, 물라토(백인과 흑인의 혼혈)로 인종개조가 일어났다. 종교 개벽도 일어났다. 태양신과 토템이 지배하던 땅에 예수 그리스도와 성모 마리아가 강림하셨다. 그들이 믿었던 태양신과 그 신에게 제물로 바쳐져 희생됐던 인간은 어디로 간 것인가.

그들은 그토록 모질고 처절한 역사를 겪었기에 오늘 또 하나의 문명화된 대륙, 자신들만의 나라에서 풍요를 꿈꾸며 살 수 있는 것이다. 서양의 정복자들은 어마어마한 신대륙을 차지하고 나라를 건설하고 종교도 이식시켰지만 그 과정에서 그들 또한 많은 희생을 치러야 했다. 만식에게 떠오른 답은 그런 것이었다. 콜럼버스 이후 라틴아메리카 대륙의 역사도 결국 크게 보면 공평한 것이었다.

만식은 그런 결론을 내리면서 나지막하게 읊조렸다.

"결국 모든 것은 내 탓이야. 메아 쿨파, 메아 쿨파, 메아 막시마 쿨파!"

가톨릭교회 통상 미사에서 행해지는 고백의 기도에 이런 말이 나온다. "내 탓이오, 내 탓이오, 내 큰 탓으로소이다(메아 쿨파, 메아 쿨파, 메아 막시마 쿨파)."

신에게 던진 끝없는 화두

중남미에는 어딜 가나 성당들이다. 태양신을 믿다가 강제로 개종을 당했지만 유럽인들보다 더 독실한 가톨릭 신자들이 많다. 만식은 가는 곳마다 성당에 들렀다. 그때마다 하느님과 예수 그리스도, 성모 마리아에게 했던 질문이 있다. 처음에는 '제가 왜 이곳까지 오게 됐나요?'라는 것이었다. 그런 다음 세상에 대한 비관적인 의문들이 꼬리를 물었다.

돈이 성공의 모든 것이 된 시대.

인간은 끝없이 잔인해지고 한없이 탐욕스러워진다는 사실.

성공을 위해서라면 수단과 방법을 가리지 않는 사람들.

남을 짓밟고도 양심의 거리낌조차 없는 사람들.

가장 가까운 사람조차 갑자기 타인으로 변하는 세상.

미친 짓, 잔인한 행동도 두둔하는 세상.

살인도 용인될까 두려운 세상.

정상적인 것과 보편적 진리에 관한 화두가 이어졌다.

'미친 세상입니다.

하기야 마녀사냥이 결코 비정상이 아니었던 시대도 있었지요.

선과 악, 정상과 비정상은 무엇인지요?

돈 앞에서는 선과 악, 정상과 비정상이 구별도 안 되는 세상입니다.

1 더하기 1이 2가 아닌 세상, 공리(公理)가 통하지 않는 세상입니다.

절대가치는 과연 있기는 한 것인가요?'

마음속으로 이런 질문을 하던 만식이 성모 마리아를 쳐다보고 있노라면 늘 비틀즈의 노래가 떠올랐다.

When I find myself in times of trouble, Mother Mary comes to me, Speaking words of wisdom, Let it be!

성모 마리아는 만식에게 말하고 있었다. "let it be"라고. "있는 그대로 내버려 두라"고. "순리를 따르라"고.

'아메리칸 드림'을 안고 뉴욕 항구로 들어오는 이민자들이 가장 먼저 보게 되는 것이 바로 횃불을 치켜든 거대한 여신상이다. 자유와 행복을 찾아 수만 리 물길을 헤쳐 온 사람들에게 눈앞에 우뚝 솟아 있는 위풍당당하고 단호한 여신의 모습은 밝은 미래를 약속하는 징표처럼 보였을 것이다. 그리하여 미국의 독립을 기념하기 위해 세워진 여신상은 자유의 나

라, 이민의 나라 미국을 상징할 뿐 아니라, 더 나아가 자유와 압제로부터의 해방 자체를 의미하는 상징물로 자리 잡게 되었다.

하지만 '자유의 여신상'보다 지금의 미국을 더 잘 상징하는 것은 '그라운드 제로(Ground Zero)'다. 2001년 9월 11일, 자살 폭탄 테러로 미국 경제의 상징인 110층 높이의 세계무역센터(World Trade Center) 빌딩이 폭파되면서 2,700여 명이 목숨을 잃고 뉴욕의 스카이라인까지 변하고 말았다.

세계무역센터는 뉴욕 어디에서든 보여서 이정표 역할을 했던 랜드마크였다. 세계 각국에서 무역에 관계된 여러 기관들이 모여들었고, 이 빌딩에 일하는 사람만 5만 명에 달했으며, 관광객을 포함하면 하루에 약 10만 명 이상이 방문하는 뉴욕의 명물이었다. 그랬던 것이 꿈에도 상상 못했던 테러로 마치 핵이라도 맞은 듯 하루아침에 모든 것이 '제로'가 되어 버렸다.

그 테러는 어디에서 온 것일까. 콜럼버스가 아메리카 대륙을 처음 발견한 이래 아메리카는 그야말로 '위대한 신세계'가 되었다. 그렇지만 그 '신세계'의 역사는 원주민들의 삶을 '총, 균, 쇠'로 파괴하고 그 위에 자신들의 바벨탑을 세운 라틴아메리카의 역사와 다르지 않았다. 9.11테러는 그런 '피의 역사'가 부메랑이 되어 돌아온 것은 아닌지.

이제 사라진 세계무역센터 자리에는 '세계는 하나'라는 뜻의 원 월드 트레이드 센터(OWTC)가 들어섰다. '프리덤 타워(Freedom Tower)'라고도 불리는 104층 규모의 무역센터 건물은 '자유의 여신상'보다 더 높은 높이에서 지금 뉴욕을 내려다보고 있다.

주가가 대폭락한 1987년 크리스마스를 앞두고 뉴욕 월가는 뜻밖의 선물을 받게 된다. 한밤중에 누군가가 뿔을 치켜세우고 기운차게 돌진하는 모습의 황소 조각상을 뉴욕증권거래소 앞에 갖다 놓은 것. 후에 범인(?)으로 밝혀진 이탈리아 출신 조각가 알트로디 모디카의 이유가 의미심장했다. 많은 사람에게 더 나은 미래를 향한 용기와 힘을 주고 싶었다나. 어쨌든 당시엔 불법 설치물로 철거 위기에까지 몰렸으나 상승장을 바라는 월가 투자자들의 반대로 거래소에서 조금 떨어진 공원으로 옮겨져 오늘날 명물이 되었다.[13]

인생은 여행

    나 홀로 중남미 종주여행의 마지막 밤. 만식은 맨해튼 센트럴 파크를 다시 찾았다. 잠이 잘 안 오기도 했고 뉴욕의 밤하늘을 한 번 더 맘껏 보고 싶기도 했다. 만식은 하늘의 별을 보면서 인생은 여행하고 똑 같다는 생각을 했다.

    아니, 인생은 여행 그 자체였다.

    한 달 일정으로 중남미를 여행했다면 인생은 그보다는 조금 긴 몇 십 년의 행로일 뿐이다. 계획을 하고 가건, 무계획으로 가건, 목적지가 있건 없건 다 마찬가지다. 가다가 사람을 만나고, 물건을 갖게 된다. 누구는 많이 갖고 누구는 적게 갖는다. 영원한 자기 소유는 없다. 언젠가는 잃어버리거나 못쓰게 된다.

    사람도 만났다가 헤어진다. 자기가 먼저 떠나기도 혹은 떠나보내기도 한다. 사랑하는 가족도 연인도 다 마찬가지다. 때로는 배신을 당하기도 한다. 상실의 아픔은 소유와 집착에서 비롯된다.

누구에게나 최종 목적지는 죽음이다. 오래도록, 끝까지 소유하고, 함께 간다 하더라도 어차피 죽음이라는 최종 종착지에서는 모든 것을 내려놓고 가야 한다. 부자도 가난한 자도, 권력자도 무지렁이 백성도, 모두.

만남과 이별, 소유와 상실이 덧없다. 문제는 이런 진리를 여행의 중간 혹은 삶의 과정에서는 깨닫지 못한다는 것이다. 여행이 끝나갈 무렵, 죽음을 가까이 맞이하고서야 비로소 깨닫게 되는 경우가 많다. 부자들은 죽을 때나 늙어서 더 이상 기력이 없을 때가 되어야 비로소 탄식을 한다.

"좀 더 베풀고 살 걸."

넉넉하지 못한 형편에 평생 돈을 좇아 살아온 사람들도 마찬가지이다.

"돈을 좇아다닐 시간에 인생을 즐길 걸. 내 형편에 맞게 즐길 수 있는 다른 소박한 행복이나 누릴 걸."

지나친 소유, 집착은 의미가 없다. 이별이나 상실은 언젠가는 오게 되어 있는 법, 마음을 비우고 늘 대비하고 있어야 한다. 인간의 배신도 결국 이런 대비를 안했기에 더 큰 충격으로 다가오는 것이 아닐까.

만식이 부에노스아이레스 호텔에서 저질렀던 예약 착오도 인생길에서 저지르는 실수와 마찬가지였다. 예약이 순조롭게 되었더라면 좀 더 편하게 남미 일정을 마무리할 수 있었을 것이다. 밀린 빨래도 하고, 호텔 책상에 편히 앉아 조용히 여행을 정리해볼 수도 있었을 것이다. 그러나 예약 날짜를 잘못 기재하는 바람에 합숙 신세로 전락해버렸다.

물론 재수가 없거나 운이 안 따를 수도 있다. 모든 일이 사람의 잘못으로만 일어나는 건 아니니까. 그럼에도 불구하고 남은 여행길을 계속 가야 하듯이 인생길도 눈이 오나 비가 오나 계속 가야만 한다. 실수를 하던 운 좋게 잘 나가던 간에 계속 갈 수밖에 없는 것이다. 인생길에는 왕복표가 없다. 한번 가면 되돌아올 수 없는 '편도 티켓(one way ticket)'밖에 없다.

나 홀로 여행처럼 인생 여행길도 결국은 혼자다. 이 세상에 혼자 나왔다가 어딘지는 모르지만 돌아갈 때도 역시 혼자다. 나 홀로 여행에서의 분실, 살아가면서 겪는 이별과 상실 역시 그럴 수도 있는 가능성의 문제가 아니라 반드시 일어나는 필연의 문제이다.

만식은 자기가 시대를 잘못 타고 태어난 것이 아닐까라는 의문도 가져보았다. 주변에는 분명 시대를 잘못 타고 내어난 사람들이 있다. 과거 아니면 미래에 살아야 할 사람들이 있다. 착하고, 현명하고, 훌륭한 사람들인데 일이 잘 풀리지 않고 늘 피해를 본다. 이런 생각이 그저 나약한 루저

(loser, 패배자)들의 자기변명에 불과한 것일까? 하기야 주인공들은 항상 손해보고 핍박받고 억울한 누명을 쓰는 경우가 많긴 하다.

만식은 자신이 겪은 모든 시련들을 떠올리며 '모두가 내 탓'이라는 깨달음을 얻었다. 조물주가 보기에는 만식의 여러 가지 사정이나 사연들이 별로 특별한 것도 아닌 일들일 터였다. 그렇다고 해서 과연 모든 일들을 '내 탓'으로 돌릴 수 있을까. 억울한 경우도 많다. 길을 가다 날아온 돌에 맞거나 미친 사람에게 흉기로 습격을 당하는 것도 내 탓이란 말인가. 그러기에는 억울한 일들이 너무 많다.

용서와 관용의 문제도 마찬가지다. 어디까지 감내하고 어디까지 참으란 말인가. 더불어 사는 것이 세상임에도 인간사회는 가해자와 피해자로 나뉜다. 피해자는 늘 당하면서도 참고 용서해야 한다는 말인가. 조물주가 보기에 별 것 아닌 일들이 피해자에게는 모든 것인 경우가 많다. 하필 그럴 때면 왜 신은 잘 보이지 않나.

오스트리아의 여성작가 잉게보르크 바하만은 〈맨하탄의 선신(善神)〉이란 작품에서 테러 혐의로 재판정에 서게 된 신을 그린다. 질서와 규칙을 중시하는 선신은 자신이 내세우는 규범을 깨뜨리며 진정한 사랑에 빠져드는 연인들을 테러로 응징하려 한다. 그 테러의 희생양이 된 남자와 여자는 완벽한 사랑을 남기기 위해 함께 죽음을 선택한다. 그러나 마지막 순간, 남자는 그녀를 배반하고 여자는 홀로 죽는다.
천국과 같은 지상이라뇨? 이곳의 이름이 그것이니까요. 'Ma-na-hat-ta'라는 말이 그것이지요. '천국과 같은 지상'이란 바로 맨하탄이랍니다.[14]

　그렇다고 해도 지나간 일을, 시간을 돌이킬 수는 없다. 아무리 곱씹어 봐도 답이 없을 때는 그 자체를 받아들일 수밖에 없다. 내려놓든지 승화시키든지 그건 각자의 해결방식이 다를 것이다. 다만 무슨 방법이든 지난 과거는 잊고 미래로 가야만 한다. 원한도 억울함도 모두 감사의 마음으로 돌릴 수 있어야 한다.

　과거의 아픈 기억이나 상처를 치유하기 위해 무엇을 내려놓는다는 말도 거창한 이야기이다. 그냥 매사 감사할 일이다. 갑자기 사지마비의 중병에 걸렸거나 교통사고라도 당했다고 치자. 살아 숨 쉬는 것만으로도 고마운 일인데 멀쩡하게 일상생활을 할 수 있다면 얼마나 고마운 일인가.

이제는 용서할 수 있을까

만식은 넓은 세상을 보았다. 그 넓은 지구촌의 수많은 사람들이 먹고 살기 위해 아등바등 살아가는 현장을 직접 목격했다. 자신의 악착같은 발버둥도 안데스 고원에서 보았던 이름 모를 나비가 하는 작은 날개 짓에 불과하다는 걸 깨달았다.

한편으로 이번 여행을 하는 동안 보았던 라틴아메리카 사람들의 여유가 무척 인상적이고 부러웠다. 잘 사나 못 사나 그들에게는 느림과 신바람의 미학이 있었다. 길을 가면서, 물건을 팔면서 급하게 서두르지 않았다. 어딜 가나 흥겹게 노래하고 춤추는 모습도 많이 보았다. 만식의 나라를 비롯해 이른바 잘사는 나라들에서는 보기 힘든 장면들이었다. 그들 나라에서는 사람들이 늘 열심히 뛰고 경쟁하느라 바쁘다.

악인들이야 어느 사회엔들 왜 없겠나. 물론 중남미가 지금까지는 정정이 불안한 곳도 많고, 치안이 불안한 곳도 많은 것은 사실이다. 하지만 이제는 아픈 역사를 딛고 세계화된 지구촌의 일원으로 발돋움하고 있다. 만식은 그런 것들을 직접 곁에서 경험할 수 있는 행운을 누린 셈이다. 그런 자신이 행복했다.

만식은 여행을 마치고 돌아와서도 한동안 직장을 구하지 못한 채 방황했다. 돌아오는 비행기 안에서도 끝내 머릿속을 맴도는 의문이 한 가지 남아 있었다.

'이제는 과연 그를 용서할 수 있을까?'

가끔씩 트라우마가 악몽으로 되살아나 만식을 괴롭힐 때도 있다. 하지만 만식은 오늘도 잘 먹고, 잘 자고, 잘 걸을 수 있는 것만 해도 다행이라 여기면서 감사하는 마음으로 살아가고 있다. 가능한 한 과거를 잊고 미래를 생각하기로 했다. 갈 곳이 없어 힘든 하루하루이지만 나태해지지 않으려 노력한다. 내세울 건 없지만 사람들도 자주 만나고, 책도 보고, 운동도 하면서 스스로에게 엄격하려고 애쓴다.

만식은 무엇보다 트라우마라는 것을 떨쳐버리려고 노력했다. 이 트라우마라는 개념 자체를 부정하는 이도 있긴 하다. 오스트리아 출신 심리학자 알프레드 아들러이다. 그는 인간의 삶을 놓고 볼 때 트라우마란 것은 없다고 주장했다. 오히려 개개인이 어떤 목적을 정해 놓고 그에 따라 행동하게 된다는 것이다. 그 목적에 어긋나는 행위를 하지 않기 위해 만들

어낸 일종의 '핑계'가 트라우마라는 설명이다. 때문에 지금의 자신을 있는 그대로 받아들이고 자신 앞에 높인 문제를 직시하는 용기가 필요하다는 것이 아들러 이론이다. 프로이트 정신분석학과는 사뭇 다른 내용이다. 이러한 이론은 만식이 과거에서 현재까지 이어지는 충격파를 극복하는 데 상당한 도움이 되었다.

그렇다 하더라도 흔히 트라우마라고 하는 것이 우리 삶에 여전히 작동하는 게 사실이다. 특히 어떤 피해를 당했을 때, 그런 경험이 없는 사람은 쉽게 그 상처나 아픔을 공감할 수가 없다. 피상적으로 동질감을 느끼고 위로는 해줄 수 있을지언정 피해자가 느끼는 아픔의 강도만큼 실감할 수는 없는 것이다. 그래서 만식은 이 세상은 피해자와 가해자로 나뉜다는 생각에까지 이르렀다. 피해의식에서 벗어나기는 점점 더 요원해졌다.

그러던 어느 날, 만식은 '눈에는 눈, 이에는 이'라는 성경구절을 떠올렸다. 어쩌면 해답이 있을 것도 같았다. 젊은 시절 만식은 이 말을 '어떤 피해를 당하면 반드시 그에 상응하는 복수를 하라'는 뜻으로 이해했다. 고대 함무라비 법전에 나오는 말로써 성경의 구약에도 나온다. 하지만 신약 마태복음 5장에는 표현이 달라진다. 즉, '눈에는 눈, 이에는 이로 갚으라고 했으나, 상대가 오른쪽 뺨 때리거든 왼쪽 뺨을 내주고, 속옷 가지려거든 겉옷까지 주고…', 이런 식이다. 악인에 복수하려 하지 말고, 오히려 다 내주라는 뜻이다. 만식이 알고 있던 내용과 어쩌면 정반대.

만식은 또 하나의 깨달음을 얻었다. 그 말은 결국 억울한 일을 당했다고 해서 함부로 보복을 하지 말라는 것은 물론 악한 자의 추가적인 악행이 있더라도 몸을 맡기라는 뜻이라고. 원수를 은혜로 갚으라는 이 충고는 악행을 행하는 자는 물론, 그것을 옹호하고 부추기고 방조하는 자에게도 마찬가지라는 생각이 들었다. 만식은 그것이 삶이고 인생이고 여행이라는 결론에 이르렀다. 마음이 편해졌다.

'인생 뜻대로 되는 게 하나도 없구나. 그러나 세상 공평한 것이고, 사필귀정(事必歸正)이고 사불범정(邪不犯正)이다.'

만식은 비로소 많은 번뇌와 근심을 내려놓을 수 있었다.

낙엽이 지고 찬바람이 불기 시작하던 어느 날, 만식은 뜻밖의 인물로부터 전화를 받은 후 아내에게 조용히 말했다.

"내일은 사람을 좀 만나야 하니까 양복 입고 나갈게."

만식의 머리에 소설 〈방황〉의 마지막 문구가 떠올랐다.

어쩌면 무슨 변통이 있을 듯도 했다.

넷, 이탈리아 기행

드디어 나는 세계의 수도 로마에 도착했다.
간절히 바라고, 노력하고, 어린아이처럼
한 발짝 한 발짝 새로 시작하고 있다.
만월의 달빛 아래 로마를 거니는 아름다움은
실제로 본 사람이 아니면 상상할 수 없다.

ITALIA

중남미 기행의 전조, 이탈리아 여행

　중남미를 떠나기 한 달 전, 그때도 보름 정도의 어정쩡한 시간이 생겼다. 늘 한가로운 게 백수의 시간인데 따로 애매한 시간이 난다하니 어폐가 있는 것 아니냐고 할 수도 있다. 하지만 누가 불러주지도 않고 특별한 약속도 없어서 무언가를 미리 계획하지 않으면 하릴없이 시간만 죽이기 딱 좋은 상황이었다. 만식은 그 시간 동안 맛보기 나 홀로 여행을 하기로 했다.

　목적지는 이탈리아.

　만식은 대표적인 유럽 국가들은 다 가보았다. 기자 시절 출장이나 여행을 통해 서유럽과 남유럽, 일부 동유럽까지 갔지만 유독 이탈리아에만 못 갔다. 갈 기회가 아예 없었던 것은 아니다. 로마 공항에서 환승을 한 적도 두 번이나 있었다. 그러나 '모든 길은 로마로'라고 어차피 이탈리아 로마는 언젠가는 가겠거니 하며 미뤄두었던 것이 결국 아직까지 못 간 게 되어버렸다.

보름 동안 여러 나라를 돌기란 쉽지 않다. 짐을 풀고 싸고 이동하다보면 시간이 다 갈 판이다. 차라리 한 곳을 집중적으로 보는 것이 현명할 듯싶었다. 세계 지도를 펼쳐 놓고 생각했다. 결정하기까지 그리 많은 시간이 걸리지 않았다.

지중해에 발을 담그고 있는 장화모양의 나라 이탈리아가 한 눈에 들어왔다. 가톨릭의 성지, '팍스 로마나(Pax Romana, 로마에 의한 평화)'의 본거지, 나라 전체가 유물이고 유적인 나라. 그런데도 지금까지 못 가본 나라였으니 고민이고 뭐고 할 게 없었다.

이탈리아를 종주할 바엔 시칠리아 섬과 그 아래 몰타 공화국까지 섭렵하기로 했다. 이 역시 김민주 교수와 상의한 결과였다. 김 교수는 여행께나 했다는 만식이 아직 이탈리아를 못 가봤다는 이야기를 듣자마자 "차라리 잘되었네! 이탈리아는 유럽 국가들 중에서 제일 마지막에 가는 거라고 했어. 시칠리아, 몰타까지 가면 더할 나위 없지"라며 적극 추천했다. 만식도 이참에 고대 로마와 중세에 푹 빠졌다가 온다는 마음을 먹었다.

처음부터 예정한 것은 아니었지만 이탈리아 여행은 또 다른 의미를 지니고 있기도 했다. 바로 중남미 여행의 전조(前兆)로써, 작금의 라틴아메리카 역사와 문화를 형성케 한 그 뿌리를 살펴볼 수 있는 기회이기도 했던 것이다. 그렇게 보기로 한다면 사실 스페인이 가장 적격일 수도 있겠지만, 스페인을 포함한 유럽의 문화 역시 그리스 · 로마에 그 기원을 두고 있고, 바티칸은 라틴아메리카뿐만 아니라 전 세계 가톨릭의 총본산이지 않은가.

이탈리아 여행 일정도 빠듯할 수밖에 없었다. 시간이 났을 때 빨리 갔다 와야 했다. 거기에 맞춰 일정을 급하게 짜야 했다. 로마와 몰타 공화국에서만 사흘 정도씩 체류하고 나머지 도시들에서는 하루나 이틀이 고작이었다. 수박 겉핥기가 될 수도 있지만 장점도 있다. 짧은 시간 동안 주요 관광지는 모두 볼 수 있다. 혼자 긴장한 채로 분주하게 다니다 보면 이른바 '잡생각'할 틈이 없다. 여행을 무사히 마쳐야 한다는 일념밖에 없다. 외로워할 여유도, 힘들어할 틈도 없다. 역시 하루에 최소 평균 10km는 걸어야 한다. 쓸데없는 근심 걱정서 벗어나 열심히 걷다보면 정신건강도 좋아지고 몸 건강도 챙길 수 있다.

탑승구 변경과 시차, 시행착오의 시작

한국에서 로마를 가는 방법은 여러 가지가 있다. 우리나라 국적기를 비롯해서 외국항공사 직항편을 이용하는 방법부터 몇 군데를 경유해서 가는 방법까지 선택의 폭이 굉장히 넓다. 그렇다면 가장 저렴한 방법은 무엇일까.

1차 선택은 경유편으로 했다. 직항보다 싸기 때문이다. 그렇다면 어느 항공을 이용해서 어디를 경유하는 것이 가장 좋을까. 여기엔 정답이 없다. 홍콩이나 싱가포르, 방콕을 경유할 수도 있고 두바이나 이스탄불, 모스크바 등 유럽의 거점 도시들을 경유할 수도 있다.

만식은 그 중에서 러시아 항공을 이용해 모스크바를 경유하는 경로를 택했다. 입국은 모스크바 경유 이탈리아 밀라노로, 출국은 로마에서 나와 모스크바 경유 인천이었다. 요즘 러시아 항공은 과거 20년 전 타보았던 우중충한 아에로플로트가 아니었다. 기종도 최신형으로 많이 바뀌고 가격도 다른 항공사에 비해 저렴한 편이다.

첫 기착지인 모스크바 셰레메티예보 국제공항(SVO). 출발부터 최신 기종의 러시아 항공을 타고 무사히 안착한 만식은 5시간 정도 대기했다가 밀라노 행 비행기로 갈아타야 했다. 간단히 요기를 하고 앞으로의 일정을 다시 꼼꼼하게 점검했다. 한가할 틈이 없는 빡빡한 스케줄이었다. 공항은 다른 유럽 국가들처럼 깨끗했고 조용했다. 간혹 스피커에서 러시아어와 영어로 안내방송이 흘러나왔다.

여행 첫 날이었기 때문에 조금 흥분은 했지만 모든 것이 순조롭게 돌아가고 있었다. 안내방송을 특별히 신경 써서 들을 이유가 없었다. 공항이나 역의 안내방송은 모국어라 할지라도 귀에 잘 들어오지 않는 법이다. 그러나 사실은 무슨 일이 벌어지고 있었고, 그 내용이 스피커를 통해 러시아어와 영어로 안내되고 있었다. 만식이 타려는 밀라노 행 항공기 탑승구가 예정된 곳에서 다른 곳으로 바뀐 것이다.

공항에서 명심해야 할 기본 수칙 중 하나가 바로 탑승구 변경을 수시로 확인하는 것이다. 유럽이나 남미 같은 공항에서는 다반사로 일어나는 일이다. 탑승수속을 마치고 탑승구, 탑승시간까지 확인했다고 해서 마음 놓고 있을 일이 아니다. 안내방송에 귀를 기울여야 하고, 30분에 한 번 정도씩은 공항 모니터의 탑승구를 확인해야 한다. 모니터에는 그대로인데 안내방송으로만 변경내용을 통보하는 곳도 있다. 만식은 혼자 가는 여행 첫 출발에서 이런 사실을 몰랐고, 시행착오를 치르고 나서야 몸소 체득했다.

출발 15분 전에 느긋하게 탑승구로 갔더니 문은 굳게 닫혀있고 주변은 텅 비어 있었다. 모니터를 확인하니 탑승구는 그대로였다.

'앗, 탑승이 벌써 끝나서 문을 닫아버렸구나!'

순간 그런 판단을 했다. 가슴이 철렁 내려앉았다. 발을 동동 굴리며 주변을 둘러보다가 다른 항공사 직원에게 사정을 이야기했더니 탑승구가 바뀐 사실을 알려주었다. 모니터와는 상관없이 몇 차례 영어 안내방송이 나갔는데 안 듣고 뭐했냐는 반문과 함께.

바뀐 탑승구는 상당히 먼 거리였다. 분주한 공항의 사람들 사이로 가방을 끌며 전속력으로 달렸다. 설상가상 가방의 바퀴가 고장이 나는 바람에 달리는 동안 탱크소리가 났다(가방은 다음 날 바로 새것으로 교체했다). 한참을 달리며 두리번거리는데 저쪽에서 남녀 직원이 손을 흔들며 다급하게 만식을 부르고 있었다. 아까 그 항공사 직원에게 연락을 받고 미리 기다리고 있었던 것이다. 만식이 아슬아슬하게 비행기에 오르자 바로 문이 닫혔다.

대서양 너머 붉은 석양을 바라보며 가슴을 쓸어내렸다. 하마터면 출발부터 큰일을 치를 뻔 했다. 촘촘히 맞물려있는 일정인데다 대개가 취소나 변경이 안 되는 상황이었다. 이탈리아 입국 비행기부터 놓쳤다면 이후의 일정 모두 어그러질 판이었으니 정말 천만다행이었다.

기대도 않았던 샌드위치가 나왔다.

'어? 이상한데? 비행시간이 불과 2시간 정도밖에 안 되는데 웬 샌드위치!'

그래도 기왕에 나온 것이니 맛있게 먹었다. 잠시 후 승객들이 저마다 담요를 덮고 잠을 자기 시작했다. 빈자리가 많아 좌석 3개의 팔걸이를 젖히고 아예 드리눕는 식이었다. 그것도 이상했다. 이세 곧 착륙할 텐데 본격적인 잠을 자다니. 의아했지만 만식도 따라서 누웠다.

제법 잔 것 같아 눈을 떴더니 아예 실내등이 다 꺼져 있다. 장거리 비행에서나 볼 수 있는 장면이었다. 손목시계를 보니 자정이 가까웠다. 도착 예정시간은 밤 11시쯤인데 이미 그 시간이 지나버린 것이다. 만식은 벌떡 일어나 뒤쪽의 여승무원에게 달려갔다. 파란 눈의 러시아 여승무원들은 눈을 동그랗게 뜨고 달려온 만식을 신기하다는 듯이 쳐다보며 설명을 해주었다.

"모스크바와 밀라노는 시차가 있어요. 몰랐어요?"

낯이 화끈거렸다. 시차를 계산도 하지 않고 이런 아마추어 같은 행동을 하다니.

만식은 두 가지 큰 착각을 했다. 하나는 시차였고, 다른 하나는 모스크바와 이탈리아 간 거리 및 비행시간이었다. 유럽을 10여 차례 갔다 왔고, 런던과 파리, 이스탄불 모두 표준시간이 다르다는 것을 알면서도 밀라노가 모스크바보다 훨씬 서쪽에 있다는 생각을 못했다. 거의 같은 경도(經度)라고 착각을 한 것이다. 손목시계는 이미 모스크바 공항에서 현지시간으로 바꿔놓았기 때문에 다시 조정할 필요가 없다고 생각했다. 위도(緯度) 역시 마찬가지였다. 유럽이 커봤자 거기가 거기라고 생각했다. 모스크바와 밀라노의 거리가 제법 멀고 비행시간도 4시간 가까이 된다는 것을 몰랐다. 해외여행 경험이 많은데도 불구하고 막상 혼자 여행을 떠나보니 그냥 '우물 안 개구리'였다.

익숙하고 다 아는 것처럼 보이던 일들도 막상 혼자서 다 해야 할 때가 오면 시행착오를 겪게 된다. 조직과 동료의 힘을 실감하게 된다. 일상에서 벗어나 혼자 여행을 하려면 하나부터 열까지 긴장을 늦추어서는 안 된다.

패션과 예술의 도시 밀라노

이탈리아 여행의 첫 방문지 밀라노는 말로만 듣고 사진과 영상으로만 보아왔던 곳이다. 이 도시를 보는 순간 이탈리아 도시들의 특징을 가늠할 수 있었다. 도시 전체가 문화유적이고 관광객들로 넘쳐난다. 주요 관광지 대부분이 성당이나 옛 로마시대 유적지들이다.

그래도 밀라노는 주변의 베네치아나 피렌체와 더불어 자체적으로 현대식 산업 발전을 이룬 곳이다. 주로 유적과 관광객들이 먹여 실리는 것으로 알려진 이탈리아 남부와는 그런 점에서 많이 다르다. 세계적인 자동차와 의류 명품들이 밀집해 있고, 음악가들이라면 누구나 서보고 싶은 꿈의 무대인 스칼라 극장이 있다. 이탈리아에서 가장 비옥한 롬바르디아 주의 주도(州都)로서 예술과 산업의 중심지이다.

숙소는 중앙역 바로 옆에 잡았다. 다음 날 기차를 타고 베네치아에 가야 했기 때문이다. 이런 경우 끄는 가방은 숙소나 기차역의 사물함에 보관하고 구경을 다닌다. 만식은 아침 일찍 빵과 주스, 커피로 요기를 한 뒤 유명한 두오모 성당부터 찾았다. 도시 자체가 그리 크지 않기 때문에 주로 걷고 지하철(3개 노선)을 적절히 이용하면 하루에 주요 관광지들을 돌아볼 수 있다.

두오모는 '반구형 둥근 지붕을 가진 대성당'이란 뜻으로 이탈리아에서는 밀라노와 피렌체의 두오모가 유명하다. 14세기 말에 공사가 시작되어 18세기 나폴레옹에 의해 완공되었다고 하니 공사기간만 무려 400년이다. 밀라노를 대표하는 고딕 양식의 성당이다.

성당 내부로 들어가 옥상으로 올라가 보니 성당 지붕 위로 수많은 첨탑들이 있고, 그 위로 2,000여개의 성인(聖人) 조각상이 하늘을 향해 서 있었다. 대충 만든 조각상이 아니고 얼굴 표정이나 옷을 표현한 선들이 실제처럼 놀랍다. 각각의 첨탑 위에 그런 조각상들을 어떻게 만들었을지 경이롭기까지 했다.

두오모 앞 광장은 곧바로 비토리오 에마누엘레 2세 회랑과 연결된다. 유리지붕으로 된 아치형 회랑으로 음식점과 명품 가게들이 들어서 있다. 만식은 이탈리아에 온 기념으로 처음 '본토(本土) 피자'와 본젤라또(아이스크림)를 사먹었다.

회랑을 나서자 작은 광장에 레오나르도 다빈치와 제자들의 동상이 있

고 길 건너편에 스칼라 극장이 있었다. 오페라 가수들이 동경하듯 여행객으로서 이곳에서 공연이라도 볼 수 있으면 좋으련만 혼자 하는 여행에 그런 호사를 누리기란 쉽지 않다. 쇼핑도 마찬가지다. 스칼라 극장서 10여 분만 더 걸어가면 명품거리인 몬테나폴레오네 거리가 나오지만 여기도 눈으로만 힐끗 보면서 그냥 스쳐 지나갈 뿐이다. 오히려 거리에서 황금빛 중세 복장을 하고 공중부양을 하는 여인에게 한동안 시선을 빼앗겼다.

만식은 이어 산타마리아 델레 그라치에 교회를 찾았다. 레오나르도 다빈치의 〈최후의 만찬〉을 보기 위해서였다. 하지만 예약 없이는 관람을 할수가 없어 발길을 돌려야만 했다. 하는 수 없이 교회 바로 옆에 전시해 놓은 〈최후의 만찬〉 복사본을 보고 만족할 수밖에 없었다. 대신 레오나르도 다빈치 국립과학기술박물관과 스포르체스코 성을 둘러보았다.

어느 곳이든 구석구석 보려면 끝이 없겠지만 시간이 그리 많지 않았다. 서둘러 기차를 타고 베네치아로 가야 했다. 만식은 아침에 역에 잠시 들러 기차시간을 변경했다. 특별히 쇼핑 같은 데 관심이 없다면 밀라노의 주요 명소는 전날 밤을 포함해 이틀 동안만 둘러봐도 될 것 같았다. 해지기 전에 베네치아에 빨리 도착해서 저녁풍경을 보고 싶었다. 기차표 변경은 가능했지만 훨씬 많은 추가비용을 지불해야 했다. 만식이 끊어온 기차표는 인터넷으로 미리 결제한 것이기 때문에 저렴했다. 배 가까이 되는 비용을 물었지만 대신 베네치아에서의 시간은 벌 수 있었다.

물과 운하와 좁은 골목길, 베네치아

영상보다 직접 봄으로써 더 큰 감동을 받는 경우가 바로 베네치아였다. 400여개의 다리로 연결된 118개의 작은 섬과 177개의 운하로 이루어진 물의 도시. 거미줄처럼 이어진 운하 위로 곤돌라들이 떠다니고 있었다. 그 사이사이 좁은 골목길들이 미로처럼 얽혀 있었다. 흰 구름이 군데군데 흩어져 있는 파란 하늘과, 하나둘 불을 밝히는 가로등 불빛은 야릇한 신경물질을 분비시키며 몽환적인 분위기를 자아냈다. 만식이 가보았던 미국 라스베이거스의 베네치안 호텔은 바로 이러한 환경을 그대로 재현해놓았다. 이런 분위기가 인간으로 하여금 도박에 빠지기에 딱 좋은 여건을 제공한다고 했다.

베네치아의 산타루치아 역은 곧바로 대운하와 연결이 된다. 대운하는 이를테면 베네치아를 관통하는 가장 큰 수로이다. 역 앞 플랫폼은 리알토 다리와 산마르코 광장, 주변 섬들을 오가는 바포레토들로 북적였다.

바포레토(Vaporetto) 버스처럼 운하의 각 정류장과 주변 섬들을 오가는 배.

만식이 베네치아에 도착한 것은 저녁 무렵이었다. 그때부터 이틀 동안 여유가 있었다. 다음 날 오후에는 피렌체 행 기차를 타도록 되어 있었다. 이처럼 빠듯하게 일정을 잡지 않고는 2주일 동안 이탈리아 반도와 시칠리아, 몰타 공화국까지 전체를 종주하는 것이 불가능하다. 그리고 사실 주요 관광지만 보려면 하루씩이면 충분하다. 밀라노, 베네치아, 피렌체, 베로나, 피사, 나폴리, 폼페이처럼 귀에 익숙한 관광지들은 하루 정도씩 열심히 돌아다니면 주요 장소는 다 볼 수가 있다.

로마는 그 보다 규모가 크기 때문에 사흘을 할애했다. 시칠리아와 몰타 공화국은 항공편을 이용해 가고 오는 시간이 있기 때문에 각각 이틀, 사흘씩 배정했다. 이런 일정보다는 한 곳에 하루 정도씩만 더 머무를 수 있다면 훨씬 여유 있는 여행을 할 수 있을 것이다. 다만 그럴 경우 전체 일정이 1주일 정도 늘어나고 그만큼 경비도 증가한다.

베네치아의 중심부는 다리만 튼튼하다면 걸어서 구경을 해도 충분하다. 막다른 길에서 갑자기 나타나는 좁은 운하와 곤돌라를 보면서 좁은 골목길을 걷는 것 자체가 큰 재미이고 즐거움이다. 만식이 잡은 코스는 리알토 다리를 거쳐 산마르코 광장에 간 뒤 산마르코 성당과 종루를 구경하고 두칼레 궁전을 지나 '탄식의 다리'를 보는 것이었다. 이어 바포레토를 타고 5분 거리 건너편 섬의 산 조르조 마죠레 성당을 보고 리도 섬과 무라노 섬, 부라노 섬을 둘러보는 것이었다.

만식은 도착 후 산타루치아 역 바로 옆(이튿날 피렌체로 가는 기차를 타야 하기 때문에 역 근처가 유리했다)에 숙소를 잡은 뒤 짐만 던져놓고 곧바로 리알토 다리로 향했다. 가는 내내 베네치아의 복잡한 운하와 골목길들에 감탄을 연발했다. 처음 경험하는 운하와 좁은 골목길의 도시에서는 헤매는 것조차 즐거움이었다.

리알토 다리에 도착하니 수많은 관광객들로 발 디딜 틈이 없을 정도였다. 대운하에서 가장 폭이 좁은 곳에, 군선이 지나갈 수 있도록 가운데를 높게 만든 다리이다. 다리 위에서 내려다보면 대운하를 따라 뻗은 베네치아 중심부의 광경이 한눈에 들어온다. 그 자체가 베네치아를 상징하는 한 폭의 그림이다. 다리 위와 주변에는 상점들이 들어서 있다. 다리 난간에는 전 세계 여행객들이 새겨놓은 낙서들이 가득했다. 익숙한 한글도 물론 보였다. 다리 아래쪽에서 바라보면 다리이면서도 한편으로는 건축물이기도 한 조형물이 묘하게 다가왔다. 탁 트였지만 횅 한 다리만을 보아온 탓이었으리라.

그곳에서 30여분을 걸어 도착한 산마르코 광장에는 수많은 인파들이 베네치아의 '밤문화'를 즐기고 있었다. 야외 카페에서는 소규모 악단의 음악공연이 펼쳐지고 있었고, 관광객들은 여기저기서 카메라 셔터를 눌러대고 있었다. 광장 주변으로는 높은 종루와 산마르코 성당, 두칼레 궁전이 있었다. 이곳들은 내일 날이 밝을 때 둘러보기로 했다.

만식은 여기서 한국의 젊은 배낭 여행자들을 만났다. 그들은 주로 한인 민박에 함께 기거하면서 몇 주 혹은 몇 달씩 유럽을 여행하는 중이었다. 서로 정보를 주고받고 스스럼없이 친구가 되기도 하고 몇몇 일정은 함께 움직이기도 한다.

'우리 때는 꿈도 못 꾸던 해외 일주 여행을 이렇게 자유롭게 할 수 있다니.'

격세지감을 느꼈다. 지천명의 나이를 넘은 만식으로서는 그런 젊은이들이 부러울 따름이었다. 그래도 아직까지 자신과 같은 중년의 자유 여행객은 잘 보지 못했다. 또래 중에서는 흔치않은 경험을 한다는 생각으로 위안을 삼았다.

중년의 나 홀로 여행이 결코 쉽지만은 않지만 누구든 못할 것도 없다. 우선 돈이 생각보다 그리 많이 들지 않는다. 일단 내지르는 것이 중요하다. 저지르지도 않고 우물쭈물하다보면 또 1, 2년이 금세 지나간다.

만식은 이날 밤 또 하나의 어처구니없는 실수를 저질렀다. 난데없이 카지노를 했고, 사흘치 정도의 경비를 날렸다. 설렘과 재미가 도를 넘어 만용을 부린 것이다. 산마르코 광장에서 바포레토를 타고 숙소로 돌아오다 그만 정류장을 착각해 하나 먼저 내려버렸다. 바로 앞에 카지노 안내판이 있었다.

몸은 피곤했지만 흥분으로 잠이 잘 올 것 같지 않았다. 재미삼아, 혹은 아침 밥값이라도 따볼 요량으로 테이블에 앉았다. 만식은 외국에 가서 카지노가 있으면 가끔 블랙잭을 즐긴다. 전적은 좋다. 100달러 정도로 밤새 놀고도 본전을 하거나 50~100달러 정도는 따는 편이다. 하지만 급한 마음으로 블랙잭을 했던 결과는 참담했다. 200달러를 잃었다. 좀 더 하면 본전은 회복할 수 있을 것 같았으나 다음날 일정이 빠듯해 물러설 수밖에 없었다. 이제 여행 초반인데, 긱징이 태신이었다. 경비를 따기는커녕 피 같은 여비를 날려버리다니! 지나친 방임과 방탕은 나 홀로 여행의 치명적 요소임을 다시 한 번 절감했다.

만식은 이튿날 아침 일찍부터 바포레토를 타고 주변 섬들을 둘러봤다. 먼저 도착한 곳이 브라노 섬. 사진으로 자주 봐왔던 곳이다. 집이며 건물들이 형형색색, 알록달록 파스텔화처럼 칠해져 있어 섬 전체가 아름다운 영화 세트장 같은 곳이다. 여기서 사진을 찍으면 마치 화보의 주인공이라도 된 듯하다.

무라노 섬은 베네치아 특산품인 유리공예품 공방이 모여 있는 곳이다. 배에서 내리자마자 잘 차려입은 사람들이 유리공예품 공장으로 안내한다. 그곳에서 유리공예품을 만드는 과정을 보여준 뒤 판매하는 것이 목적이다. 혼자 하는 여행에 웬만한 쇼핑은 금물인데 하물며 깨지기 쉬운 유리공예품이라니. 만식은 그냥 구경만 하고 돌아섰다.

만식은 유명한 휴양지인 리도 섬에 잠시 들렀다가 산 조르조 마죠레 성당을 찾았다. 건너편으로 보이는 베네치아의 모습 또한 일품이었다. 다시 산마르코 광장으로 건너와 종루에도 올라가보고 산마르코 성당과 두칼레 궁전도 구경했다.

이곳을 빠져나오면서 연결된 다리가 바로 '탄식의 다리'이다. 이 다리를 건너 지하 감옥으로 들어가면 다시는 햇볕을 볼 수 없기 때문에 옛날 죄수들이 이 다리를 건너며 한숨을 지었다고 해서 붙여진 이름이다. 플레이보이의 대명사로 알려진 카사노바도 이 다리를 건너 지하 감옥에 수감되었다고 한다.

르네상스와 메디치의 본고장 피렌체

베네치아를 이틀 동안 섭렵한 만식은 기차를 타고 저녁 무렵 피렌체의 산타마리아 노벨라(SMN) 기차역에 도착했다. 피렌체는 흔히 '꽃의 도시'로 알려져 있다. 르네상스의 서막을 연 곳이자 토스카나 지방의 주도(州都)이다. 르네상스를 이끌고 교황을 4명이나 배출한 메디치(medici) 가(家)의 근거지이며, 미켈란젤로, 단테, 레오나르도 다빈치 같은 인물들을 배출한 곳이기도 하다. 그래서 이곳 사람들은 역사적 자부심이 대단하다. 대부분 붉은 색 건물들로 이루어진 도시 전체가 유네스코 세계문화유산으로 지정되어 있다.

이번에도 숙소는 역시 기차역 부근이었다. 열차를 이용해 다음 행선지인 피사로 이동해야 하기 때문이다. 숙소에 짐을 던져놓고 곧바로 탐방에 나섰다. 10여분을 걸어 내려가니 산타마리아 노벨라 교회가 나왔다. 교회 정면은 고딕과 르네상스 양식이 조화를 이룬 아름다운 미술작품 같았다. 방향을 틀어 5분 정도를 가니 산 로렌조 성당이 있고, 바로 옆에는 메디치가의 예배당이 있었다. 고개를 들어 웅장함과 섬세함에 감탄을 하는

데, 그 너머로 눈에 익은 큰 건물이 보였다. 피렌체의 상징인 두오모였다. 원래 이름은 '산타마리아 델 피오레(꽃의 성모교회)'이다. 외벽은 흰색과 분홍색, 녹색의 대리석이 기하학적 형태로 장식되어 있다. 내부 관람시간은 이미 끝나 다음날로 미루었다.

두오모를 따라 10여분을 더 걸어가니 광장에 멋진 조각품들이 조명을 받으며 서 있었다. 시뇨리아 광장의 다비드와 헤라클레스 상이다. 조각상들이 지키고 있는 정문이 베키오 궁전이고 그 옆은 우피치 미술관이다. 이 광장은 과거 시민들이 토론을 벌이거나 거수로 공공에 관한 사안을 결정하던 곳이라고 한다. 한쪽에는 피렌체를 일으킨 코지모 데 메디치의 청동기마상도 있었다.

만식은 거기서 5분 거리에 있는 베키오 다리를 건너 미켈란젤로 언덕으로 향했다. 버스를 타도 되지만 20~30분만 걸으면 된다기에 그냥 걷기로 했다. 차라리 운동도 할 겸 잘되었다고 생각하며 오르막길로 접어들었

베키오 다리 피렌체를 가로지르는 아르노 강 위에 세워진 다리로 14세기에 건설되었다. 강 양쪽으로 귀금속 세공소와 보석상이 즐비하다. 본래 푸줏간이 있던 자리였는데, 페르디난도 1세가 비위생적이라는 이유로 철거시킨 후 금은 세공품 상점이 들어섰다. 베키오 다리는 단테와 베아트리체가 처음 만난 장소로 잘 알려져 있다. 두 사람의 운명적인 사랑이 시작된 이 다리에서 피렌체의 연인들은 영원한 사랑을 맹세하고 그 증표로 자물쇠를 채운 뒤 열쇠를 강물에 버리거나 다리에 자물쇠를 달곤 했다. 현재는 피렌체 시에서 다리가 손상될 것을 우려해 이와 같은 행위를 금지하고, 어길 시 벌금을 부과하고 있다. 저녁노을이 질 무렵 베키오 다리 위에서 바라보는 아르노 강의 풍경도 아름답다.

다. 30여분쯤 갔을 때 멀리 성채가 보였다. 그곳이 미켈란젤로 언덕인가 싶어 속도를 냈다. 1시간을 걸어서 도달했는데 인적도 없는 엉뚱한 성채 건물이었다. 계속 가면 미켈란젤로 언덕이 나올 것도 같았다.

하지만 가도 가도 산기슭 주택가 골목길만 계속될 뿐이었다. 사람이라곤 코빼기도 안 보이고 간혹 차들이 지나갔다. 창가 불빛아래 인기척이 있어 노크를 한 뒤 길을 물었다. 계속 가면 나오긴 할 텐데 앞으로 1시간 이상 걸어야 한단다. 지금까지 2시간을 걸었는데 1시간을 더 가라니. 하는 수 없이 뛰다시피 하며 걸었더니 큰 길이 나왔다. 한적하기는 마찬가지였다. 정류장이라곤 없었다. 터벅터벅 도로를 따라 걷는데 멀리서 불빛이 보였다. 반갑게도 버스였다. 손을 흔들자 버스가 지나쳐가다가 50여 미터 앞에 섰다. 관광객들에 익숙한 버스기사가 동양인 여행자 차림의 만식을 보고 상황을 짐작한 듯했다.

"그라찌에(감사합니다)"를 연발하며 버스에 오르자 반가운 얼굴들이 보였다. 한국인 신혼부부와 배낭여행 중인 여대생 2명이었다. 그들은 자신들도 정류장도 아닌 한적한 길에서 갑자기 버스가 서고 사람이 올라타기에 무슨 일인가 했다며 반겼다.

천신만고 끝에 도착한 언덕에는 미켈란젤로의 다비드 상이 서 있고 아래쪽으로는 밀라노의 야경이 파노라마처럼 펼쳐져 있었다. 그 멋진 야경이 모든 고생의 기억을 날려버렸다. 만식은 한국인 일행들과 함께 사진도 찍고 피렌체의 밤 정취를 즐겼다.

이튿날 다시 두오모 찾았다. 성당 내부는 크고 화려했으며 거장들의 그림과 벽화들이 눈에 들어왔다. 본당 뒤쪽으로는 미켈란젤로의 〈피에타〉 조각상도 있었다. 만식은 성당 꼭대기 전망대까지 올라갔다. 한사람만 겨우 지나갈 수 있는 좁고 답답한 계단 통로를 따라 한참을 올라가니 전망대가 나왔다. 올라오기는 힘들었지만 그곳에서 내려다보는 피렌체의 전경은 그만한 값어치가 있었다. 붉은색 위주의 건물들이 그야말로 '꽃'처럼 펼쳐져 있었다.

전날 밤 길을 잘못 들어 고생 끝에 도착했던 미켈란젤로 언덕도 보였다. 성당을 나와 옆에 있는 지오토의 종탑에도 올라가 보았다. 종탑에서 바라본 피렌체의 풍경 역시 두오모 성당에서 본 것과 비슷했다. 다시 나선 거리에서는 소녀 악사가 바이올린 비슷한 악기를 연주하고 있었다. 만식은 한참을 넋을 놓고 그 광경을 지켜보았다. 피렌체의 주요 명소들을 본 뒤 오후에 피사로 향했다. 피사의 사탑을 구경한 뒤 다음 날 아침 비행기를 타고 몰타 공화국으로 갈 예정이었다.

만식은 피사에 도착한 후 숙소에 짐을 맡기고 곧바로 버스를 타고 피사의 사탑으로 갔다. 입구에 들어서자마자 두오모와 납골당, 세례당이 보

이고 그 뒤쪽에 오른쪽으로 삐딱하게 기울어진 하얀색 대리석 종탑이 묘한 부조화를 이루고 있었다. 영화나 사진으로 무수히 보아왔던 바로 그 피사의 사탑이다. 부조화도 자꾸 보고 익숙해지면 그 자체가 조화로움으로 되는 모양이다. 자꾸 쳐다보니 그 삐딱함이 오히려 더 완벽함을 만들어낸 것 같았다.

사탑 앞 광장에는 수많은 관광객들이 '장난사진' 찍기에 여념이 없었다. 가장 흔한 것이 사진 속 주인공이 마치 사탑을 손으로 떠받치고 있는 듯한 장면이다. 그 외에도 사탑에 기대고 있는 모습, 사탑을 밀어서 넘어뜨리려는 모습, 사탑을 들고 흔드는 모습 등 저마다 온갖 장면들을 만들어낸다. 만식도 그 중 몇 가지 동작으로 사진을 찍었다. 광장 옆 난간에 올라서면 정말 요술처럼 신기한 장면이 연출된다. 그러니 너도나도 난간에 올라서려 했을 것이고 마침내 난간에 올라서지 못하도록 금지팻말이 놓여 있었다.

피사에서는 사탑 이외에는 딱히 볼거리들이 많지는 않다. 만식은 숙소로 되돌아가는 길에 강변의 번화가에 들러 간단한 요기를 했다. 석양이 지는 강에는 젊은이들이 조정을 하고 있었고 강변 난간에는 연인들이 밀

피사의 사탑은 약한 모래 지반과 낮은 석조 토대 때문에 3층이 완성되었을 초기 무렵부터 기울어지기 시작했다고 한다. 그 후 양쪽 높이가 70cm까지 차이가 날 정도로 기울어졌고, 보강공사 등을 통해 더 이상 무너질 염려가 없게 되었지만 지금은 제한된 인원만 입장시키고 있다.

어를 속삭이고 있었다.

2주간의 짧은 일정으로 이탈리아 반도 전체 10여개 도시를 돌아 본 것만 해도 사실은 무리이다. 그런데도 몇 군데를 못 가봐서 아쉬움이 남는다. 욕심이 과할 수도 있겠지만 그 중 세 군데를 못 가본 것은 아쉬움이 컸다. 아씨시와 베로나, 그리고 티볼리가 그곳이다.

아씨시는 가난하고 소외된 사람들을 위해 살다 간 성 프란체스코의 고향으로 유명하다. 그는 부유한 집안에서 태어났으면서도 모든 것을 버리고 빈자들을 위한 고행과 수도의 삶을 살았던 가톨릭의 위대한 성인이다. 지금의 교황 프란치스코 1세도 그의 삶과 정신을 본받아 그런 작명을 했다고 한다. 시간 여유만 있었다면 가난하고 소외된 사람들을 위해 삶을 바친 성 프란체스코가 기도했던 수도원과 성당을 꼭 한번 가보고 싶었다.

〈로미오와 줄리엣〉의 배경인 베로나도 아쉬운 건 마찬가지이다. 중세의 모습을 간직한 조용한 전원도시에서 직접 오페라라도 한 편 보고 싶었지만 그 또한 기회를 놓쳤다. 로마에서 얼마 떨어지지 않은 티볼리도 가지 못해 미련이 조금 남는 곳이다. 이곳은 로마 황제의 여름별장이 있을 정도로 아름다운 휴양도시로 멋진 정원과 분수 등 유적지가 있다.

중세가 멈춘 곳, 몰타 공화국

몰타 공항은 지중해 열기로 후끈거렸다. 세상에서 가장 게으른 나라, 중세에서 시간이 멈춘 나라. 몰타에 관해 들어왔던 말들은 그런 것들이었다. 꼭 한번 가보고 싶었던 나라에 드디어 왔다는 사실에 은근히 흥분이 되기 시작했다.

만식은 버스를 타고 수도인 발레타로 향하면서 자료를 살펴보았다. 몰타의 정식 명칭은 몰타 공화국이다. 남부 유럽 지중해 중앙부에 위치하며 여러 개의 섬인 몰타 제도(諸島)로 이루어진 섬나라이다. 발레타와 옛 중심도시 임디나가 있는 몰타 섬과 고조 섬, 코스노 섬 등으로 이루어졌다. 1530년부터 요한기사단(몰타기사단)의 영유지가 있었던 곳이다. 1798년 나폴레옹에게 점령되었고, 2년 뒤 영국이 탈환해 1814년부터 영국 영토로 있다가 1964년 독립하고 영국연방에 가입했다.

버스를 타고 옛 수도인 임디나부터 찾았다. 중세 때 8개국의 교황청 기사단이 있던 곳이다. 그래서인지 비슷하면서도 다른 8개국의 문화 유적들이 함께 혼재되어 있었다. 성 안으로 들어서자 영화에서나 보던 중세의 좁은 골목길들이 나타났다. 어느 모퉁이를 도나 비슷했다. 골목길에는 일반 가정집들도 있었고, 식당이나 관공서도 있었다. 마치 미로를 걷는 것처럼 골목을 돌고 돌아 성벽 위로 올라갔다. 이윽고 섬 전체가 한눈에 들어왔다. 성은 그 자체로 요새였다. 만식은 완만한 구릉들과 해안가 도시들, 멀리 지중해를 바라보며 잠시 중세 그 시절을 떠올려 보았다. 이곳이 왜 게으르고 시간이 멈춘 곳인지를 알 수 있을 것 같았다.

임디나 성 밖으로 나와 400여 미터를 걸으니 산 프란체스코 성당이 나왔다. 역시 중세 그대로의 모습을 간직하고 있었다. 유럽의 다른 성당처럼 화려하지는 않지만 정통성과 오랜 세월을 견디어 온 흔적이 배어 있었다. 성당 지하에는 카타콤(중세 교회의 지하무덤)이 있었다.

이튿날은 배를 타고 인근 고조 섬과 코스노 섬, 블루라군, 해안 동굴 같은 곳들을 돌아보았다. 섬들과 가까운 몰타의 선착장에는 호객꾼들이 열심히 유람선 선전을 하고 있었다. 영어를 썩 잘하는 청년 한 명이 만식을

몰타 기사단(Knights of Malta) 십자군 전쟁 무렵 유럽에 존재하던 종교적 군대조직이 이민족과의 전쟁, 부상병을 위한 구호활동 등을 수행하다가 중세에 이르러 몰타 섬에 정부를 세우고 독립국가를 건설했다. 그러나 그 후 나폴레옹의 공격으로 주권을 잃고 로마의 한 지역으로 밀려났는데, 이때부터 '몰타 기사단'이란 이름으로 존재해오고 있다. 단장은 당연직 추기경으로 임명된다. 게다가 UN에 옵서버로 참여한다고 하니 사실상의 주권국이라고 할 수 있지 않을까. 게다가 헌법은 물론 여권과 우표도 발행하고 40여개 나라와 외교사절을 교환하기도 한다니 분명 독립된 나라라고 할 수 있을 것이다.

붙잡았다.

"여기서 제일 큰 배를 타고 고조 섬과 코스노 섬 관광은 물론 블루라군 스노클 체험까지 해보세요. 사진으로 사기 치는 배가 아닙니다. 저쪽에 있는 커다란 배를 타고 가는 거예요."

손가락을 따라가 보니 과연 정박 중인 유람선 중 제일 큰 배인 혼블로우어(Hornblower) 호가 눈에 들어왔다. 만식은 그 자리에서 바로 값을

치르고 이튿날 아침 일찍 혼블로우어 호에 승선했다. 배는 코스노 섬과 고
조 섬을 차례로 돌며 지중해의 멋진 광경들을 보여주었다. 특히 지중해의
푸른 에메랄드빛 바다와 하늘을 마치 창문 너머로 보여주는 듯한 형태의
'아주리 윈도우'는 '아주' 특별한 인상을 남겼다. 해안가 바위 절벽에 큰
창(窓)처럼 생긴 공간이 만들어져 붙여진 이름이다. 해안에는 기기묘묘
한 만물상 바위들이 널려있었다. 바위들 사이 어떤 공간은 호주 지도를 거
꾸로 뒤집어놓은 형태가 있는가 하면 아프리카 대륙과 똑같은 모양도 있
었다.

고조 섬의 옛 성곽은 임디나처럼 중세의 모습이 그대로 간직하고 있었다. 흙벽 사이 좁은 골목길들이 복잡하게 얽혀있고 성의 꼭대기에서는 섬전체가 내려다 보였다. 작은 성당과 성모마리아 상도 있었다. 몇 군데를 더 돌다가 블루라군에 도달했다. 영화 〈푸른 산호초〉와 〈트로이〉 등의 촬영지라고 했다. 바닥까지 투명하게 보이는 신비로운 옥빛 바다! 낙원이 따로 없었다.

본래 수영과 스노클링을 좋아하는 만식이 그냥 넘어갈 수 없었다. 마침 수영복은 준비해왔다. 옷을 갈아입을 마땅한 장소도 없고 짐을 보아줄 사람도 없었지만 그 파란 바다에 뛰어들고픈 욕망을 억제할 수가 없었다. 만식은 물안경만 빌려 아무도 없는 외딴 블루라군 속으로 다이빙을 했다. 깊이가 20미터쯤 되어 보였다. 약간의 한기가 느껴졌다. 물 아래 형형색색의 산호초와 물고기들이 어우러진 멋진 장면들을 감상했다.

10여분을 떠다니거나 물속으로 자맥질을 했을까, 어느 순간 온몸이 서늘해지면서 돌기가 돋았다. 동시에 뭔가가 빠졌다는 생각이 스쳐갔다.

'내가 지금 오리발(핀, Fins)을 신고 있던가? 물안경에 스노클을 착용한 것은 맞지만 발은 맨발이 아닌가. 이러다가 힘이 소진하면 어쩌지?'

그런 생각을 하며 고개를 들어보았다. 해안 바위와 배로부터 각각 50

미터쯤 떨어져 있었다. 바다 속 비경을 즐기다가 너무 멀리 나와 버렸다. 그런 만식을 보고 있는 사람은 아무도 없었다. 그것을 깨닫는 순간 가슴이 덜컥 내려앉았다. 타이어의 공기가 빠져나가듯 갑자기 온 몸에 힘도 빠져버렸다.

'들떠서 까불고 즐기다가 지중해 블루라군에서 혼자 조용히 가는 거 아니야?'

육지를 향해 사력을 다해 헤엄쳤다. 수영은 자신이 있었고 잔잔한 바다에서라면 더 편하게 헤엄칠 수 있는 만식이었지만 이미 탈진에 가까운 상태였다. 더 이상 숨쉬기도, 팔다리를 허우적거리기도 힘든 막바지에 왔을 무렵 해안 바위의 해초더미가 손에 잡혔다. 겨우 바위 위로 올라오자 가슴이 터질 것 같았고 다리가 후들거렸다.

젊은 시절의 만식이 아니기도 했고, 멋진 풍광에만 정신이 팔려 무모한 수영을 했던 것이 화근이었다. 안도하는 한편으로 부끄러웠다. 여전히 이런 장면을 눈여겨보는 눈길이 없는 것이 차라리 다행이었다. 하지만 그 전까지는 잠시나마 무한한 자유를 만끽했다. 에메랄드 빛 지중해 바다 속 비경을 보면서 모든 속박에서 벗어나 있는 자신이 마치 물속을 자유롭게 유영하는 물고기 같았다. 자칫 큰 대가를 치를 뻔 했지만 보답 또한 그에 못지않은 감동이었다.

혼자 여행에서 안전은 두 번 세 번 강조해도 지나치지 않다.

멋진 풍광 때문에 혹은 감동 내지 흥분한 나머지 기본적인 안전수칙들을

간과했다가는 낭패를 보게 마련이다.

놀고 즐길 때에도 과유불급의 가르침은 꼭 명심해야 한다.

〈대부(God Father)〉의 섬, 시칠리아

무식한 여행자가 아는 것이라곤 이곳이 마피아의 고향이고 아름다운 풍경을 가진 섬이란 것 밖에 없었다. 영화 〈대부〉의 알 파치노가 살인을 저지르고 피신해 있던 돈 꼴레오네 가의 고향. 자연경관은 넋이 나갈 정도였다. 지중해 푸른 바다와 싱그러운 바람이 불어오는 목가적인 이탈리아 전원풍경과 기묘한 자연풍광이 절로 감탄을 자아내게 했다.

민식은 이곳에서 가장 큰 도시들인 트라파니와 팔레르모를 찾았다. 사실은 한 달 정도 섬을 일주하며 돌아도 모자랄 정도로 섬 곳곳에 볼거리들이 많았다. 그런 곳을 불과 사흘만 보고 떠날 수밖에 없다는 사실에 아

따지고 보면 마피아도 철저한 지역 환경의 소산이다. 지중해권의 해상 요충지인 시칠리아 섬은 고대에서부터 수많은 외세의 침입을 받았다. 남자들은 노예로 끌려가고 여자들은 겁탈을 당했다. 속설에 의하면 겁탈당하는 딸을 지켜보면서 부모가 울부짖던 '불쌍한 내 딸아!'라는 말이 시칠리아 사투리로 'Ma Fia!'라고 한다. 이후 시칠리아 주민 스스로가 '불쌍한 딸'들을 지키기 위해 조직한 지하비밀결사가 마피아라는 것이다. 시칠리아를 비롯한 이탈리아 남부지방에서 마피아를 소탕한 것은 독재자 무솔리니였다. 무솔리니는 정권을 잡으면서 대대적인 마피아 소탕작업에 들어갔고, 마피아들은 살길을 찾아 미국으로 떠났다. 그들이 마지막으로 배를 타고 떠난 항구가 나폴리 산타루치아였고, 〈산타루치아〉는 미국 마피아들이 고향생각을 하며 부른 노래였다고도 한다.

쉬움이 남았다.

만식은 트라파니 공항에 밤 11시30분에 도착했다. 대중교통은 포기하고 택시를 탈 생각으로 급히 공항 밖으로 나오니 최신 벤츠 버스가 한 대 서 있었다. 기사에게 행선지를 이야기했더니 반가운 얼굴로 얼른 타라고 했다. 마침 퇴근하는 길인데다 만식이 가고자 하는 곳이 자기 집 부근이라고 했다. 기사는 다른 승객들이 아직 다 나오지 않았는데도 만식만 태운 채 출발했다. 혼자 대형 버스를 전세 낸 셈이 되었다. 만식은 살짝 당황스러웠다.

'이건 뭐지? 다른 승객들은 내버려두고 나만 태우고 가다니. 혹시 마피아는 아닐까?'

덕분에 금세 편하게 오긴 했지만 역시 한 가지 좋은 일이 생기면 나쁜 일도 생기게 마련이었다. 예약한 숙소 주변에 아무런 간판이나 표시가 없어 한참을 헤매야만 했다. 알고 보니 그곳은 호텔이 아니라 일반 가정집에서 방을 빌려주는 이른바 'B&B(Bed and Breakfast)' 집이었다.

한 시간쯤 문을 두드려도 인기척이 없었고 이윽고 비까지 억수같이 내리기 시작했다. 한참 만에 옆집 사람이 나타나 주인과 통화를 했더니 집주인은 다른 곳에 가 있었다. 30여 분만에 차를 몰고 나타난 주인의 입에

서는 술 냄새가 진동했다. 예약 손님이 있었는데도 다른 곳에 가서 술을 마시고 있었던 것이다. 주인은 특별히 미안하다는 말도 없었다. 술기운 때문인지 계속 싱글벙글거리며 천하태평이다. 시칠리아 사람들은 다 이런가? 만식은 조금 어리둥절했다.

다음날 아침 만식은 자전거를 빌려 방파제를 따라 달렸다. 항구 주변 시장과 좁은 골목길, 성당 같은 곳들을 구경한 뒤 버스를 타고 팔레르모로 향했다. 어느 곳이나 한가롭고 평화로운 풍경이었다. 항구에는 어마어마한 크기의 호화 유람선이 한 척 정박해 있었다.

'나도 죽기 전에 저런 유람선을 타볼 기회가 있을까?'

어릴 적 마도로스가 되는 것이 꿈이었던 만식에게 그 거대한 유람선은 언젠가는 타보아야 할 또 하나의 운명적 목록이란 생각이 들었다.

트라파니에서 팔레르모로 가는 길은 어느 해안도로와 비교해도 빠지지 않을 만큼 경치가 빼어났다. 간혹 절벽을 관통한 터널도 지나고 한가로운 어촌 마을도 간간이 눈에 들어왔다. 그냥 지나쳐갈 게 아니라 내려서 하루 이틀이라도 쉬고 구경도 하고 싶었다.

만식은 그런 멋진 풍광에 감탄을 하면서도 연신 하품을 해댔다. 연일

강행군으로 다니다보니 체력에도 한계가 있었다. 조용한 버스, 멋진 경치, 팔레르모에 도착만 하면 된다는 안도감, 이 모든 요소가 만식으로 하여금 단잠에 빠져들게 했다.

깜빡 하는 사이 꿈을 꿨다. 바다 속을 유영하고 있었다. 잠수장비를 착용했는지는 불분명했다. 싱그러운 물결이 온몸을 시원하게 감싸고 물고기들이 곁을 스치고 지나갔다. 햇빛이 해저 바위동굴을 비추고 있었고 그 속에는 산호들이 자태를 뽐내며 유혹하고 있었다.

그러던 중 주위가 소란스러워진 탓에 잠을 깼더니 어느새 시내에 접어들었다. 버스 기사에게 다가가 호텔 지도를 보여준 뒤 하차할 정류장을 물었다. 항구에서 한 정거장 못 미친 곳에서 하차했고 호텔은 거기서 300m쯤 떨어진 곳에 있었다.

팔레르모는 시칠리아에서 제일 큰 도시답게 오랜 역사의 흔적이 곳곳에 배어 있었다. 구시가지에는 오래된 유적과 낡은 건물들이 복잡하게 얽혀있고, 항구에는 수많은 낚싯배와 요트들이 정박해 있었다. 센트로 뒷골목은 험상궂게 생긴 젊은이들이 떼 지어 몰려다녔고, 경찰차와 경찰들이 군데군데 순찰을 돌고 있었다. 한 눈에 봐도 우범지대 같았다. 시장에 들러 딸기를 사면서 상인에게 물었더니 크고 작은 사건이 많이 일어나는 곳이라고 했다.

정신없이 돌아다니다 보니 어느새 저녁시간이 지나고 있었다. 식당을 찾아보았으나 적당한 곳을 발견하지 못했다. 혼자 들어가기에는 부담스러운 식당들만 눈에 띄었다. 하는 수 없이 길거리 해산물 집에서 오징어가 들어간 세비체와 빵을 샀다. 와인 가게를 물었더니 해산물집 주인이 바로 옆 가게에 가서 여행용 작은 팩 와인을 한 통 들고 나왔다. 처음 보는 것이었다. 술을 좋아하는 만식이지만 팩 소주, 팩 사케는 보았어도 팩 와인은 처음이었다. 만식은 그길로 호텔로 들어와 방에서 혼자 저녁을 해결했다. 팩 와인은 처음 마셔보는데 와인의 나라여서인지 그런대로 맛이 훌륭했다. 혼자 여행을 할 때는 먹고 싶은 것을 사서 호텔에서 먹는 것이 오히려 편할 때가 많다.

"혼자서도 참 잘 먹고, 잘 놀아요."

누군가가 그 장면을 본다면 그런 이야기를 할 것 같았다.

로마 입성

드디어 로마에 입성했다. 마치 230년 전의 괴테처럼. '모든 길은 로마로 통한다'고 했으니 언젠가는 와볼 곳이었다. 제국의 흔적은 뚜렷하고 오래도록 지속되었다. 도시 전체가 문화유적이고 영화 세팅장이었다. 아무데나 가도 역사와 신화가 있고 카메라만 들이대면 영화의 배경이 된다. '로마는 하루아침에 이루어지지 않았다'는 말이 절로 실감이 났다.

만식은 일단 로마에 도착한 첫 날 몇 군데를 구경한 뒤 다음날 기차를 타고 살레르노와 소렌토, 아말피 해안, 포지타노 등을 거쳐 베수비오 순환열차를 타고 나폴리와 폼페이를 보는 일정을 잡았다. 로마는 그 이후 이틀 정도를 더 구경한다는 계획이었다.

"1786년 9월 3일 새벽 3시, 칼스바트에서 몰래 빠져 나왔다." 이렇게 시작된 3년여의 여행 동안 괴테는 이탈리아의 주요 명소를 돌아보고 한동안 로마에 머물면서 느긋이 휴식을 취한 다음, 1788년 여름에 바이마르로 돌아왔다. 이때의 경험은 가히 혁명적이라 할 만큼 괴테의 인생에서 중대한 전환점이 된다. 이탈리아에서 본 수많은 고전 예술품의 미적 기준을 이상으로 삼은 특유의 고전주의적 예술관이 확립되었다. 또한 이 여행을 통해 크게 변모된 괴테의 내면을 이해하지 못한 옛 친구들과의 결별이 이어지며 긴 고독이 시작되었다.[15]

첫날 로마에서는 오후 반나절의 시간이 있었다. 궁리 끝에 콜로세움과 포로 로마노, 대전차 경기장을 거쳐 '전설의 입', 깜삐똘리오 광장, 비토리오 에마누엘레 2세 기념관, 베네치아 광장 등을 돌아보기로 했다.

콜로세움은 둘레 527m, 높이 48m의 거대한 원형극장이다. 4개 층이 도리아, 이오니아, 코린트 양식 등 서로 다른 건축양식으로 지어졌다. 아치 형태의 문이 80여개가 있어 10분 내에 5만 명이 넘는 관중이 입장할 수 있다고 한다.

입구 주변에는 고대 로마병정 차림의 사람들이 3~4명 눈에 띄었다. 자세히 보니 관광객들 옆에 서서 사진을 찍게 해주는 대신 적지 않은 사례비를 요구하고 있었다. 콜로세움은 과거 모의 해전장이나 검투장으로 쓰였다고 한다. 독일의 문호 괴테는 〈이탈리아 기행〉에서 당시 이곳을 찾았을 때 내부 곳곳에 노숙자들이 불을 피워놓고 지냈다고 묘사했다.

콜로세움 옆으로는 콘스탄티누스 대제가 막센티우스를 물리친 것을 기념해서 만든 개선문이 서 있다. 그곳에서 좀 더 걸어가면 고대 로마의 중심지였던 포로 로마노(Foro Romano)가 나온다. 이곳은 과거 로마 제

포로 로마노에서 떠올리게 되는 장면은 단연 '시저의 죽음'이다. 이곳 원로원 계단은 시저가 양아들로 삼을 만큼 가장 믿었던 부르투스의 칼에 숨을 거두면서 "부르투스, 너마저!"라고 외쳤던 곳이다. 포로 로마노 한 켠에는 시저의 무덤이 쓸쓸하게 남아있기도 하다.

국의 사법, 정치, 상업, 종교 활동이 이루어지던 곳이다. 지금은 몇 개 기둥과 벽을 제외하고는 대부분 부서지고 훼손된 유적들만 남아있지만, 상상으로 당시를 복원시키면서 보는 재미가 쏠쏠하다. 신전과 재판소, 원로원은 물론 개선문과 감옥 같은 시설들이 희미한 형태의 유적으로 남아있다.

대전차 경기장 부근에는 산타마리아 코스메딘 성당이 있는데 그 입구에는 항상 관광객들이 줄을 서 있다. 영화 〈로마의 휴일〉에서 그레고리 팩이 오드리 헵번을 상대로 장난을 치던 '진실의 입'이 그곳에 있기 때문이다. 원래는 바다의 신 트리톤의 얼굴이 새겨진 로마 시대 하수구 뚜껑이었다. 입에 손을 넣고 거짓말을 하면 입을 다물어 손을 잘라버린다는 전설이 전해진다. 특별한 것은 없지만 '인증샷' 찍기 좋아하는 사람들에게는 필수 코스이다. 혼자서도 잘 노는 만식인지라 여기서도 그냥 넘어가진 않았다. '진실의 입'에 손을 넣어보기도 하고 사진도 찍었다. 다행히 손을 물리지는 않았다.

영화 〈로마의 휴일〉 유럽 각지를 친선방문 중인 어느 나라의 왕녀 앤은 로마대사관에 체재 중, 꽉 짜인 일정에 싫증이 나서 남몰래 대사관을 빠져 나왔으나 진정제의 과음으로 공원에서 잠이 든다. 이때 미국 신문기자 조가 그녀를 발견하고 자기 하숙집에서 하룻밤을 재워준다. 다음날 조는 신문사에 출근하여 왕녀의 실종으로 큰 소동이 벌어진 것을 보고 그녀가 왕녀임을 알게 되어 카메라맨과 특종기사를 만들고자 맹활약을 한다. 그러나 어느새 두 사람 사이에는 애정이 싹트고, 조는 그녀의 본국에서 파견된 비밀탐정과 난투극을 벌인다. 끝내 신분을 밝히지 않던 조는 왕녀의 귀국 기자회견 석상에 나타나 그 동안 특종으로 찍은 사진묶음을 왕녀에게 내어준다. 1953년 작.

언덕길을 따라 깜삐똘리오 광장에 이르렀다. 세나또리오 궁전을 돌아가자 아래쪽으로 포로 로마노의 전경이 한 눈에 들어왔다. 5분여를 더 걸어가니 마치 웨딩 케이크 혹은 타자기처럼 생긴 흰색 건물이 나타났다. 로마의 상징 중 하나인 비토리오 엠마누엘레 2세 기념관이다. 이어서 베네치아 광장에도 들러 베네치아의 상징인 '날개달린 사자'상도 보았다.

탐방을 대강 마치고 숙소로 되돌아가는 길에 우연히 스페인 광장과 트레비 분수까지 들렀다. 스페인 광장은 과거 부근에 스페인 대사관이 있었기 때문이라고 한다. 영화 〈로마의 휴일〉에서 헵번이 커트 머리를 하고 아이스크림을 먹는 장소로 유명하다. 그 때 헵번이 앉았던 바로크 양식의 계단은 관광객들 차지로 인산인해였다.

트레비 분수는 나폴리 궁전의 벽면을 이용해 만든 분수로 바다의 신 넵투누스(포세이돈)와 그의 부하 트리톤, 그리고 해마를 조각해 놓았다. 여기서는 오른손으로 동전을 붙잡고 뒤로 돌아서서 왼쪽 어깨 너머로 연못에 던져 넣으면 소원이 이루어진다고 해서 대부분 사람들이 그렇게 했다. 세 번을 하면 반드시 이곳에 또 오게 된다고 한다. 만식은 이탈리아 남부 여행을 마친 후 다시 올 예정이었기에 동전 던지기 의식은 한 번만 하고 자리를 떴다.

환상의 해안도로, 아말피와 소렌토

로마에서도 만식의 숙소는 떼르미니(중앙역) 부근이었다. 공항과 직행 버스로 이동하기도 쉽고 기차를 이용해 이탈리아 남부로 가야 하기 때문이다. 다음 날 새벽 살레르노 행 첫 기차를 타고 남부로 향했다.

그곳에서 소렌토를 거쳐 버스를 갈아타고 아말피 해안으로 갔다. 소렌토는 작고 아담했지만 예쁜 도시였다. 괴테나 바이런도 이곳을 극찬했지만 지중해를 끼고 있는 낭만적인 풍광은 저절로 감탄을 자아내게 했다. 어디선가 〈돌아오라 소렌토로〉의 선율이 들려오는 것 같았다. 만식은 이곳에 있는 예쁜 길거리 카페에서 파스타와 와인 한 잔으로 점심을 해결했다. 마침 와이파이도 공짜라 밀렸던 문자 확인과 답장까지 해결했다.

만식을 태운 버스는 지중해를 낀 바닷가 왕복 2차선 도로를 달렸다. 멋진 해안과 마을들이 끊임없이 이어졌다. 가끔씩 마주 오는 대형 버스를 아슬아슬하게 비켜갔다. 거의 1~2cm 간격으로 서로 스쳐지나가는 것이 마치 곡예운전을 하는 것 같았다.

이어지는 아말피 해안은 장면 하나하나가 그림이었다. 가파른 해안 절벽에 걸려있는 집들도 신기하고, 그런 곳에 어떻게 건물을 지었는지 궁금했다. 버스가 정차한 곳에 잠시 내려서 아래를 보니 지금까지 본 해안 마을들 중에서도 가장 멋진 풍광이 나타났다. '포지타노'라는 마을이다. 구부러진 좁은 골목길을 따라 내려가자 예쁜 가게들과 식당들이 즐비했다. 분위기 좋은 호텔과 펜션들도 눈에 띄었다. 며칠 머무르며 쉬고 싶은 곳이었지만 오늘 중으로 나폴리까지 둘러봐야 하는 여행객의 일정이 빠듯했다.

여행을 하다보면 그냥 스쳐 지나가기엔 너무 아까운 곳이 있다. 단 며칠이라도 눌러 앉아 쉬면서 경치와 정취를 만끽하고 싶은 곳들이다. 하지만 여행은 늘 시간에 쫓긴다. 여유롭고 품격 있는 여행을 부러워만 하지 말고 주어진 여행이나마 열심히 즐기자.

아말피 해안이 안겨준 감동의 여운이 채 가시기도 전에 세계 3대 미항이라는 나폴리 산타루치아 항에 도착했다. 지중해와 베수비오 화산을 배경으로 항구와 언덕길을 끼고 있는 도시 전경은 얼핏 보기에도 낭만이 서려 있었다. "나폴리를 보기 전에는 사랑도, 예술도, 죽음도 이야기하지 말라"는 옛말이 그냥 전해온 것이 아니라는 게 실감났다.

만식은 우선 나폴리와 베수비오 화산의 전경을 한눈에 볼 수 있는 산엘모 성에 가보기로 했다. 가는 길에 접어든 스파카 나폴리는 나폴리를 두 개로 가르는 직선 도로였다. 길 양쪽으로는 오래된 서민 주택들이 늘어서 있고 창문마다 빨래들이 바람에 펄럭이고 있었다. 나폴리 사람들이 사는 일상의 풍경이 정겨움으로 다가왔다.

푸가(Piazza Fuga)에서 푸니콜라레(언덕을 오르는 등산열차의 일종)를 타고 성 근처에 내렸다. 언덕 위에는 산 마르티노 국립박물관도 있어 나폴리의 역사에 관한 유물과 회화, 생활용품들이 전시되어 있었다. 압권은 역시 언덕 위에서 바라본 나폴리의 전경이었다. 푸른 지중해와 초승달 같은 해안선, 저녁노을에 비낀 도시가 멋진 광경을 연출했다. 그 너머로 베수비오 화산이 석양에 물들어 붉게 이글거리고 있었다. 그 붉은 빛은 이내 산타루치아 항의 물결까지 금물결로 바꾸어 놓았다.

창공에 빛난 별 물위에 어리어 바람은 고요히 불어오누나
내 배는 살같이 바다를 지난다 산타루치아 산타루치아

아름다운 동산 행복의 나폴리 산천과 초목들 기다리누나
저 깊은 나라에 행복아 길어라 산타루치아 산타루치아

푸니콜라레를 타고 다시 내려온 뒤 슬슬 걸어서 플레비쉬토 광장과 리알레 궁전, 누오보 성을 구경했다. 이중 누오보 성은 유럽에서 가장 남성다운 성으로 르네상스 양식의 하얀색 대리석 개선문이 인상적이었다.

만식은 바로 맞은편의 자그마한 식당에서 와인과 피자를 시켜놓고 저녁 식사를 했다. 누오보 성과 지중해를 바라보며 하는 나름대로 근사한 식사였다.

이튿날 아침 일찍 베수비오 순환열차를 타고 40여분 만에 폼페이에 도착했다. '사철'이라고 불리는 이 열차는 몇 량 되지 않는 작은 전철 같은 형태였고, 겉은 온통 낙서로 뒤덮여 있었다. 이 기차를 타야 매표소와 마리나 문을 통과해 폼페이 유적지에 들어갈 수 있다. 이외에도 유레일패스나 유로, 이탈리아 패스 사용자들이 공짜로 이용할 수 있는 국철이 있는데, 국철은 마리나 문의 반대쪽인 원형경기장 쪽 입구로 연결된다.

기원전 8세기부터 개발되었다는 폼페이는 로마인들의 풍요로운 휴양지였다. 기원후인 79년 8월 24일 베수비오 화산의 대폭발로 인해 한순간에 사라져버렸다. 그 후에도 1631년 등 몇 차례 폭발이 있었다. 그러다가 18세기에 발굴되기 시작해 지금은 2,000년 전 생활상을 그대로 간직한 귀중한 유적으로 환생했다. 이는 폼페이 전체가 용암이 아닌 화산재에 뒤덮였기 때문이다. 그러나 발굴이 완전히 이루어지지 않아 아직도 계속되고 있다.

폼페이 유적지 현장에는 요즘과 비교해도 손색이 없는 목욕탕과 유흥가, 술집, 거주지와 상가, 상수도 시설 등이 고스란히 남아 있다. 마리나

문부터 두 개의 통로가 있다. 하나는 보행자용이고 다른 하나는 마차나 가축용이었다. 이 문을 지나면 곧바로 비너스 신전으로 연결된다. 넓은 공회당은 코린트 양식의 거대한 기둥들이 아직도 서 있다. 그 부근의 아폴로 신전에는 활을 쏘는 아폴로 상이 있고 그 반대편에 그의 여동생이자 달의 여신인 다이아나의 흉상이 있다.

목욕탕은 남탕과 여탕으로 구분되어 있고 탈의실, 의류보관함, 안마시설까지 구비되어 있었다. 당시 로마인들은 신분에 상관없이 하루 일과가 끝나면 이곳에 들러 쉬고 안마도 받고 사우나도 즐겼다고 하니 요즘 못지않은 건강 레저 생활을 한 셈이다.

유물 전시실에는 화산 폭발 당시 죽은 사람들이며 가축들의 모습이, 표정까지 생생하게 재현된 조형물들이 있다. 그런데 이것은 화석이 아니다. 시체가 묻혀 있던 빈 공간에 석고를 부어넣어서 나온 형상이다. 폼페이 전체가 화산 폭발 후 3미터가 넘는 화산재에 묻혀버렸는데, 조사과정에서 화산재 중간 중간에 빈 공간이 있어 석고를 주입시켜 본을 떠보니 그런 형상들이 나온 것이다.

만식은 괴테가 쓴 〈이탈리아 기행〉을 다시 떠올렸다. 그 책에서 괴테는 지금으로부터 230여 년 전쯤 베수비오 화산이 폭발한 지 얼마 되지 않았을 때 이곳을 방문했다고 적었다. 그는 당시 온몸에 화산재를 뒤집어쓰고 뜨거운 돌덩이를 밟으면서 두 번씩이나 분화구 주변을 찾았다고 기록했다. 그리고 만식의 기억은 괴테의 로마 입성 장면으로 이어졌다.

드디어 나는 세계의 수도 로마에 도착했다. 간절히 바라고, 노력하고, 어린아이처럼 한 발짝 한 발짝 새로 시작하고 있다. 만월의 달빛 아래 로마를 거니는 아름다움은 실제로 본 사람이 아니면 상상할 수 없다.

아참, 괴테가 이탈리아를 여행하던 시대에 한국에서는 연암 박지원이 중국을 여행하며 〈열하일기(熱河日記)〉를 썼다.

마지막 이틀간의 '로마의 휴일'

다시 로마에 입성했다. 이번에는 이틀간의 여유가 있었다. 하루는 유명 유적지들을 탐방하고, 다른 하루는 종일 바티칸을 돌아보기로 했다.

먼저 바티칸 시국(市國)을 찾았다. 만식은 전날 콜로세움 앞에서 만난 한국 대학생 배낭여행객들에게 바티칸 시국 관광 가이드를 소개받았다. 다른 관광지는 몰라도 바티칸 박물관과 성당 같은 곳들은 전문 가이드의 설명을 들어야 할 필요를 느꼈기 때문이다. 아는 만큼 보인다고, 그냥 대충 보면서 사진이나 찍고 할 것이 아니란 판단이었다. 그것은 또한 세계 최고의 예술 작품들로 꾸며진 가톨릭의 본산에 대한 예의이기도 했다. 실제로 그곳의 작품과 명화들을 설명까지 곁들여 자세히 들여다보면 지금이라도 미술 공부를 다시 하고 싶은 생각이 들 정도였다.

바티칸 시국 인구 1,000명이 안 되는 세계에서 제일 작은 나라. 가톨릭의 총본산이자 교황의 본거지. 무솔리니와 협약에 따라 1929년 교황령에 의해 바티칸은 하나의 독립국가가 되었다. 자체적으로 우체국, 신문사, 라디오 방송국을 운영한다. 주 수입원은 박물관 입장료와 기념화폐 및 우표 발행 수입이라고 한다.

아침 일찍부터 찾았는데도 바티칸 박물관 앞은 이미 50여 미터의 줄이 서 있었다. 보통은 줄이 뱀처럼 구부러져 몇 백 미터도 된다고 하니 그에 비하면 줄도 아니었다. 바티칸 박물관을 시작으로 피에트로 광장과 산 피에트로 대성당을 구경하고 세인트 안젤로 성까지 구경하면 거의 하루가 다 지나간다.

북쪽 박물관 입구에 들어서자 먼저 피냐 정원이 나왔다. 한쪽에는 보통 어른 키의 두세 배쯤 커 보이는 솔방울 조형물이 있었다. 로마시대 분수의 일부였다고 한다. 정원 여기저기에는 다양한 언어의 가이드들이 칠판을 걸어놓고 관광객들을 상대로 야외 수업(?)이 한창이었다. 박물관과 시스티나 예배당이 워낙 붐비기 때문에 미리 설명을 하는 중이었다.

일단 내부로 들어가면 전 세계에서 몰려온 관광객들 사이로 물결처럼 떼밀려 다녀야 할 정도다. 그 안에서는 가이드가 일단의 무리들을 세워놓고 일일이 설명을 할 시간과 공간이 없다. 설명의 대다수 시간은 미켈란제로의 〈천지창조〉와 〈최후의 심판〉, 라파엘로의 〈아테네 학당〉 같은 걸작들에 관한 것이었다.

피냐 정원의 아폴로 상과 라오콘 상을 관람한 후 박물관으로 들어가자 사람들도 미어터졌다. 동물의 방에서는 여러 시대의 동물상이 전시되어 있었다. 〈황소를 죽이는 미트라스 신상〉이 인상적이었다. 이어 뮤즈 여신

의 방으로 들어가니 그리스·로마 신화에 나오는 아홉 명의 뮤즈 여신상이 서 있었다. 소크라테스와 소포클레스, 플라톤 같은 그리스 철학자들의 조각상도 만날 수 있었다. 학창시절 미술시간에 배웠던 사지(四肢)가 없는 흉상인 '토르소'도 있었다.

원형 전시관과 그리스 십자가형 전시관을 거쳐, 대형 카펫이 양쪽 벽에 걸린 '아라찌의 회랑'에는 성경과 관련된 작품들이 걸려 있었다. 이어 라파엘로의 방과 콘스탄티누스의 방을 거쳐 서명의 방에 이르자 라파엘로의 유명한 그림인 〈아테네 학당〉이 그려져 있었다. 이 그림은 실제 인물을 모델로 했다. 가운데 두 사람 중 손가락으로 하늘을 가리키는 이가 플라톤이며 모델은 레오나르도 다빈치이고, 앞쪽에 턱을 괴고 생각에 잠겨 있는 헤라크리투스의 얼굴은 당시 라파엘로의 라이벌이었던 미켈란젤로의 모습이라고 한다.

바티칸 예술품의 백미는 역시 시스티나 예배당에 있는 미켈란젤로의 〈천지창조〉와 〈최후의 심판〉이었다. 관람객들도 그 두 곳에 제일 많이 몰려있다. 천재가 그린 일생 일대 명작의 탄생은 우연이었고 역설이었다. 시스티나 예배당은 지금도 교황 선출이나 중요한 의식을 치르는 성스러운 장소이다. 그런데 과거 교황 율리우스 2세가 당시 건축가인 브라만테에게 이 예배당을 장식할 화가를 추천해 달라고 부탁했는데, 브라만테는 자기가 싫어하는 미켈란젤로를 추천했다. 라파엘로를 총애했던 브라만테는 인간의 능력으로는 어마어마한 크기의 예배당 천장 등 넓은 공간을 제 시간 내에 다 채울 수 없다고 판단했다. 미켈란젤로에게 그 일을 시킴으로써 그를 제거하려 했던 것이다. 하지만 이러한 음모 덕분에 역사에 길이 남을 위대한 작품이 탄생한 것이다.

〈천지창조〉는 미술의 문외한이라도, 성경을 모르는 사람이라도 따로 설명을 들을 필요가 없었다. 생명을 주려는 하나님과 그것을 받는 아담의 손가락 동작과 표정만 보아도 위대한 작품 앞에서 숙연해진다. 그것도 지금부터 5백여 년 전에 높이 20m가 넘는 천장화에 그 모든 것들을 표현했다고 생각하면 전율이 느껴질 정도이다. 미켈란젤로는 5년여 동안의 작업에 대한 대가로 목 디스크와 급격한 시력 저하를 함께 얻었다.

박물관과 시스티나 예배당 구경을 마치고 산 피에트로 광장으로 나오자 영화나 사진에서 보던 오벨리스크와 산 피에트로 대성당이 버티고 있었다. 대성당의 창문 난간에는 지금이라도 교황이 나와 손을 흔들 것 같은 느낌이 들었다. 대성당 안으로 들어가자 제일 먼저 오른쪽 방에 있는 미켈란젤로의 걸작 〈피에타〉가 눈에 들어왔다. 성모 마리아가 숨을 거둔 예수를 안고 있는 모습을 형상화한 명작에는 아름다움과 성스러움이 배어있었다. 마침 미사가 시작되고 있어 만식도 참석했다. 모든 관광객이 참석할 수 있는 것은 아니지만 교황청 미사만큼은 꼭 참석하고 싶어 질서 유지 사제에게 양해를 구했다.

사제단 정면은 온통 황금색으로 호화찬란하기가 이를 데 없었다. 한 가운데 새 모양의 장식에서 빛을 발하고 있었다. 거대한 파이프오르간을 통해 엄숙하고 성스러운 그레고리안 챈트가 울려 퍼지는 가운데 교황청의 미사가 진행되었다. 만식도 따라서 마음이 차분해지면서 회개하고 용서하는 기분에 빠져들었다. 손을 모아 눈을 감으니 수많은 얼굴들과 사건들이 스쳐갔다. 스스로가 죄인이 된 기분도 들었다.

'인간의 원죄는 어디까지일까.'

다음 날은 포폴로 광장을 시작으로 스페인 광장, 트레비 분수, 판테온 신전 등을 차례로 돌아다녔다. 로마를 떠나기 전 정리하는 시간이었다. 스페인 광장에서는 로마의 휴일을 다시 떠올리며 계단 위에서 아이스크림도 먹고 사진도 찍는 유치한 행동도 해보았다. 트레비 분수에서는 동전을 두 번 더 던졌다. 그 전까지 합해 모두 세 번을 던졌으니 반드시 이곳에 다시 오리라는 즐거운 상상을 했다. 트레비 분수의 포세이돈과 트리톤의 조각을 자세히 보니 별개의 조각이 아니라 전체가 하나의 원석으로 만들어진 작품이었다.

　판테온 신전은 '모든 신의 신전'을 의미한다고 한다. 미켈란젤로가 '천사의 설계'라고 극찬할 만큼 완벽한 건축물로 꼽힌다. 높이 43m 넘는 건물 내부에 기둥이 하나도 없다. 반원형의 지붕과 아치의 원리를 이용해 오직 벽으로만 건물을 지탱하고 있다. 가운데 꼭대기 반원형 한 가운데 큰 구멍이 나 있어 자연채광만으로도 조명이 가능하다고 한다. 더욱 신기한 것은 비가 오더라도 천장 구멍으로 그리 많은 비가 들이지 않는다는 것이다. 이는 건물 내부의 더운 공기가 상승하면서 들이치는 비를 밖으로 밀어내기 때문이라고 한다.

만식은 나보나 광장을 거쳐 가리발디 언덕까지 걸었다. 여행을 하는 동안 주로 걷게 된다. 대중교통을 일일이 찾는 것도 쉽지 않은 일이기 때문에 웬만한 거리는 걷는 것이 편하다. 가리발디 언덕까지 제법 거리가 되었다. 만식은 그 길을 걸으면서 혼자가 아니라는 생각을 했다. 비단 그 때뿐이 아니라 혼자서 걸을 때면 늘 깨닫는 게 한 가지 있었다. 누군가와 대화를 한다는 것이었다. 바로 자기 자신이다.

혼자 걸어도 혼자 걷는 것이 아니다. 곁에는 늘 동행이 있어 대화를 나누니 그는 또 다른 자아이다. 그러니 외롭다 하지 마라. 나를 제일 잘 알고, 이해해줄 수 있는 또 다른 내가 함께 있으니까.
자기 자신과 대화를 하더라도 심하게 티를 내면서 중얼거리지는 말자. 정신이상자 취급을 받을 수도 있으니까.

해질 무렵 도착한 가리발디 언덕에는 이탈리아 통일의 영웅 가리발디 장군의 기마동상이 있었다. 언덕 아래로는 로마 시내 전경이 석양 아래 펼쳐졌다. 멀리 콜로세움도 보이고 포로로마나, 깜삐똘리오 광장을 비롯한 주요 건물들의 지붕이 보였다. 로마를 한눈에 내려다보면서 이제 이탈리아 종주 여행을 마무리할 시간이 다가왔음을 깨달았다. 짧고 정신없었지만 그렇지 않으면 못해 볼 알찬 여행이었다.

차오(안녕), 이탈리아

이탈리아 반도, 그 남쪽 지중해의 작은 섬나라 몰타까지 포함하는 종주 여행을 하면서 참 신기하고 아름다운 풍경들을 많이 보았다. 감동적인 건축물, 예술품들을 이루 다 말할 수가 없다.

밀라노 두오모와 걸작들, 베네치아 운하와 좁은 골목길. 야릇한 신경 물질을 분비시키는 해질 무렵의 베네치아 하늘 빛깔.

투스카나의 중심 피렌체는 또 어떤가. 문명이 서로 합쳐져 어우러진 형태의 두오모와 성당들. 길을 잘 못 들어 쓰러질 뻔하며 찾아갔던 미켈란젤로 언덕. 멋진 야경만으로 모든 고생이 보상되는 듯했는데.

몰타 임디나의 놀라운 광경. 중세 골목길이 거기에 멈춰서 있었다. 고조 섬의 아주르 윈도우와 코미노 섬의 블루라군. 거기서 깜박했다가 죽을 뻔 했던 기억.

혼자 먹던 스파게티와 와인. 그리고 시칠리아의 센트로 뒷골목과 항구 주변에서 만난 사람들의 얼굴은 고단해 보이는 가운데도 행복한 표정이었다.

그림 같은 남부 이탈리아의 아말피 해안도로와 소렌토. 베수비오 화산이 보이는 아름다운 항구도시 나폴리와 고대 로마가 고스란히 보존된 폼페이 유적지. 그곳에는 2천 년 전 로마인들의 일상이 그대로 멈춰 있었다.

그리고 옛 영화와 영광을 지금도 간직하고 있는 로마. 유럽 문명의 정수가 그곳으로 통하고 있었다. 광장마다 골목마다 역사가 있고 이야기가 전해오고 있었다.

모두가 아련한 추억으로 남았다.

안개가 가득 낀 아름답고 조용한 아침이었다. 하늘 위쪽 구름은 부드럽게 줄이 간 양털 같았고 아래쪽 구름은 무겁게 처져 있었다. 그것은 좋은 징조로 보였다. 여름내 좋지 않았던 날씨가 지나가고 이제는 상쾌한 가을을 맞이할 거라는 예보 같았다. ─괴테 〈이탈리아 기행〉 중에서

중남미, 이탈리아 홀로 여행, 홍만식 따라가기

중남미

*숙박지

날짜	일정	숙박지
6/17(화)	ICN 16:35 – UA – SFO 11:25/ SFO 19:49 – UA – LAS 21:33 (United Airlines : ICN–LAS/ LAS–CUN/ GIG–EWR/ EWR–ICN 전체 $1,858) (예약번호 : N4SJZ6)	Las Vegas
6/18(수)	종일 Las Vegas	공항대기
6/19(목)	LAS 05:40 – UA – (SFO 경유) – CUN 16:04	Cancun
6/20(금)	CUN 11:36 – Copa Air – Panama 14:08/ Panama 15:28 – Havana 19:09 (Copa Airlines : CUN–HAV/ HAV–UIO 전체 $463) (예약번호 : AMT3IB)	Havana
6/21(토)	Cuba	Havana
6/22(일)	Cuba (Santiago de Cuba, Cienfuegos, 혹은 Havana 인근 도시)	Havana
6/23(월)	Cuba	Havana
6/24(화)	Havana 17:22 –Copa Air – Bogota 19:45/ Bogota 21:17 – UIO 22:57	Quito
6/25(수)	Quito	Quito
6/26(목)	Quito 18:32 – (Avianca) – Lima 20:52 (남미 대륙 UIO–LIM/ LIM–EZE/ EZE–SCL/ SCL–GRU 여러 항공사 전체 $600)	공항대기
6/27(금)	Lima 06:50 – (Star Peru) – CUZ 08:00 ($98) Cuzco 09:05 – (열차/ www.perurail.com) – Aguas Calientes 12:24 Machu Picchu 탐방	Aguas Calientes
6/28(토)	아침 일찍 Aguas Calientes –열차 – Ollantaytambo – 버스 – Cuzco Cuzco 18:00 – (버스)	버스내 숙박
6/29(일)	Lima 15:30 도착	Lima
6/30(월)	종일 Lima Tour	Lima
7/1(화)	Lima 10:35 – (Avianca) – EZE 17:05	Buenos Aires
7/2(수)	Buenos Aires 05:25 (짐 호텔) (Aerolineas Argentinas) – Puerto Iguazu 07:10 ※ IGR 도착하자마자 시내 버스TR로 이동/ 버스TR에서 폭포로 이동 ※ IGR 버스TR에서 당일 저녁 Buenos Aires행 버스표 구입 오전오후 Iguazu Falls 탐방 Puerto Iguazu 17:00 혹은 18 혹은 19시	버스내

캔쿤

아바나
CUBA

뉴욕

VENEZUELA

COLOMBIA

키토
ECUADOR

PERU
리마

BRAZIL

BOLIVIA

PARAGUAY

리우데자네이루

상파울루

CHILE

산티아고

URUGUAY

부에노스아이레스
ARGENTINA

349

7/3(목)	Buenos Aires 11:00 도착 (Retiro Terminal)	Buenos Aires
7/4(금)	종일 Buenos Aires	Buenos Aires
7/5(토)	오전 Buenos Aires	
	Buenos Aires 18:10 – (LAN) – Santigo de Chile (SCL) 19:20	Santiago
7/6(일)	당일 Valparaiso 버스로 왕복 (편도 2시간 소요) (짐 호텔)	Santiago
7/7(월)	종일 Santiago 탐방	공항/기내
7/8(화)	Santiago 01:25 – (TAM) (Asuncion 등 여러 군데 경유) – GRU 13:05	Sao Paulo
7/9(수)	종일 Sao Paulo (Bon Retiro 지역 Paulista 한국인 패션 거리 꼭!!)	Sao Paulo
7/10(목)	종일 Sao Paulo	터미널/버스
7/11(금)	Sao Paulo (Tiete 버스 TR) 01:00 – Rio de Janeiro 07:00 도착	
	종일 Rio de Janeiro 탐방	Rio de Janeiro
7/12(토)	오전오후 Rio de Janeiro 탐방	
	Rio de Janeiro 20:55 출발 – (UA) (Houston 환승)	기내
7/13(일)	Newark 12:00 도착	New York
7/14(월)	New York	New York
7/15(화)	New York	New York
7/16(수)	Newark 11:10 출발 – (UA) (NRT 환승)	기내
7/17(목)	ICN 20:35 도착	Sweet Home

환율 1 PEN(페루 Sol) = 366 KRW/ 1 CLP(Peso)=1.9 KRW/ 1 ARP=125 KRW/ 1 BRL(Real) = 455 KRW

이탈리아

| 5/18(일) | ICN 12:50 – SU – SVO 17:15 | Milano 시내 |
| | SVO 21:50 – SU – MXP(Malpensa) 23:30 (공항–시내 셔틀버스 01:50 막차) | |

| 5/19(월) | 종일 Milano Tour | |
| | Milano 19:06 –열차 – Venezia Santa Lucia 21:40 EUR29 | Venezia |

| 5/20(화) | 종일 Venezia | |
| | Venezia 19:25 – 열차 – Firenze 21:30 | Firenze |

| 5/21(수) | 종일 Firenze | |
| | 늦은 오후에 버스/기차로 Pisa로 이동, Pisa 사탑 구경 | Pisa |

| 5/22(목) | Pisa 09:35 – Ryan Air – Malta 11:30 EUR 49 | |
| | 오후 Malta 구경 | Valetta, Malta |

| 5/23(금) | 종일 Malta 구경 | |
| | Malta 22:45 – Ryan Air – Trapani, 시실리 | Trapani |

| 5/24(토) | Trapani에서 Palermo로 이동 (버스?) | Palermo |
| | 종일 Palermo 구경 | |

| 5/25(일) | Palermo 09:35 – Ryan Air – Roma FCO 10:40 | Rome |
| | 오후 Roma 일부 Tour | |

5/26(월)	Roma 05:58 – 열차 – Salerno 09:12	
	Salerno – 버스 – Amalfi ; Amalfi – 버스 – Sorento	
	Sorento – 베스비오 순환열차 – Napoli	Napoli

5/27(화)	오전에 – 베스비오 순환열차타고 Pompei Tour	
	점심때 Napoli – 열차 – Roma	Roma
	오후 Roma 일부 Tour	

| 5/28(수) | 종일 Roma Tour | Roma |

| 5/29(목) | FCO 12:40 – SU – SVO 18:10 | |
| | SVO 21:55 – SU – ICN 11:00 (+1) | |

| 5/30(금) | ICN 11:00 도착 | Home |

〈참고 문헌〉

1. 권영민 〈한국현대문학대사전〉

2. 김정미 '영원한 혁명가 체 게바라'(네이버 캐스트)

3. 박중서 '20세기 미국 문학의 거대한 전설 어니스트 헤밍웨이'(네이버 캐스트)

4. 김수우 '쿠바의 영혼 호세 마르티'(부산일보 2015.2.1자)

5. 류현정 '피냐 vs 부에나비스타소셜클럽'(네이버 캐스트)

6. 김도균 '관타나메라에 스며있는 쿠바의 눈물'(오마이뉴스 2014.7.2자)

7. 김성남 '에스파냐의 잉카 제국 정복전쟁'(네이버 캐스트)

8. 박만 〈현대 신학 이야기〉

9. 고부만 '부에노스아이레스−남미의 파리'(네이버 캐스트)

10. 김남희 '산티아고에 비는 내리고'(네이버 캐스트)

11. 허용덕, 허경택 〈와인&커피 용어해설〉

12. 이명석 '언제나 축제, 리우데자네이루'(네이버 캐스트)

13. 변영상 '황소 조각상'(국제신문 2014.12.11자)

14. 최주명 '사랑은 세상의 어두?'(카페 책 읽는 마을)

15. 박중서 '요한 볼프강 폰 괴테'(네이버 캐스트)

− 네이버 지식백과

− 두산백과

− 세계지명사전

− 전혜진·김준현 〈핵심 중남미 100배 즐기기〉